KB114904

鵬붕정대연가

붕정대연가(鵬程大戀歌) 1

임영기 新무협 판타지 소설

초판 1쇄 찍은 날 § 2021년 1월 20일
초판 1쇄 펴낸 날 § 2021년 1월 27일

지은이 § 임영기
펴낸이 § 서경석

총괄팀장 § 노종아
편집책임 § 신나라
디자인 § 스튜디오 이너스

펴낸곳 § 도서출판 청어람
등록번호 § 제387-1999-000006호
등록일자 § 1999. 5. 31
어람번호 § 제2-2857호

주소 § 경기도 부천시 부일로 483번길 40 서경B/D 3F (우) 14640
전화 § 032-656-4452 팩스 § 032-656-4453
http://www.chungeoram.com
E-mail § chungeorambook@daum.net

ISBN 979-11-04-92300-5 04810
ISBN 979-11-04-92299-2 (세트)

도서출판 청어람

1

임영기 무협 판타지 소설
Cover illust A4

붕정대연가

FANTASTIC ORIENTAL HEROES

鵬鳥붕정대연가

목차

序

대붕(大鵬)은 한 번의 날갯짓으로 구만 리를 날아간다.
그 대붕이 장차 날아갈 머나먼 길이 붕정(鵬程)이다.
대붕에는 한 쌍의 선남선녀가 타고 있다.
이른바 환상의 남녀다.
그들 환상의 남녀가 붕정대연가를 만들어 나간다.

第一章

합체(合體)

천하에 모든 것을 다 가져서 부러울 것이라곤 하나도 없는 사람이 여기 있다.

그 사람은 무림에서 가장 고강하다는 우내십절(宇內十絶) 중 한 명이다.

그뿐 아니라 자신의 재산이 얼마나 되는지도 모를 만큼 어마어마한 천하삼대부호 중 한 명이다.

그런 데다가 천하제일미라고 불릴 정도로 천하절색의 미모까지 지녔다.

심지어 방년 이십 세인 젊디젊은 나이다.

세상 사람들은 그녀를 천상옥녀(天上玉女)라고 부른다.

천상옥녀는 매년 가을마다 즐겨 찾는 산서성(山西省) 태악산(太岳山)에 올해 가을에도 왔다.

태악산 깊은 계곡에는 증조부가 지은 고풍스러운 산장(山莊)이 있으며, 그녀는 그곳에서 겨울을 나고 봄에 집이 있는 낙양(洛陽)으로 돌아간다.

언제나 가족들이 함께 왔었으나 삼 년 전부터는 천상옥녀 혼자 오고 있다.

조부모와 부모가 모두 죽었기 때문이다.

한 명의 아름다운 미녀가 자욱하게 수증기가 뿜어지는 온천탕 속에 늘씬한 모습으로 두 다리를 쭉 뻗고 눕듯이 비스듬히 앉아 있다.

그녀가 바로 천상옥녀다.

태악산에는 여러 곳에 질 좋은 상급의 온천들이 산재해 있으며 이곳은 그것들 중에서 최상급의 온천이다.

천상옥녀의 증조부는 아예 온천을 중심으로 꽤 규모가 큰 산장을 지었으며, 지금 천상옥녀가 들어가 있는 온천은 한 채의 커다란 전각 안 한가운데에 자리를 잡고 있다.

온천의 둘레는 삼십여 장 정도로 아담하고 깊이는 들쑥날쑥한데 천상옥녀가 앉아 있는 곳은 바위를 침상처럼 다듬었기에 편안하게 눕거나 앉을 수가 있다.

온천 주위 즉, 전각의 대전에 해당하는 곳곳에는 청의 경장 차림의 여자 호위고수 이십여 명이 지키고 있으며, 온천 가까운 곳에는 하녀들이 무릎을 꿇고 대기하고 있는 광경이다.

머리카락을 틀어 올리고 얼굴만 온천수 밖으로 내민 천상 옥녀는 지그시 눈을 감은 편안한 모습이다.

이곳의 온천수는 푸른 청색이며 바닥과 온천탕 가장자리의 바위들 모두 퍼렇게 물들어 있다.

그때 전각의 문이 열리고 한 사람이 안으로 들어섰다.

키가 매우 큰 사십 대 여고수인데 온천탕을 향해 곧장 걸어오고 있다. 실내 곳곳에 서 있는 호위고수들과 하녀들이 여고수에게 공손히 허리를 굽혔다.

여고수는 온천탕을 향해 걸어오는데도 발소리는커녕 어떤 기척도 나지 않았다. 그녀는 온천탕 가장자리에 이르러 탕 속의 천상옥녀에게 공손히 허리를 굽히고 보고했다.

"소저, 두 시진 후에 태자께서 당도하신다는 전갈이 방금 도착했습니다."

당금 대명제국의 태자가 천상옥녀를 만나러 북경에서 이곳 산서성 태악산까지 몸소 찾아온다는 것이다.

더구나 지금은 밤인데 태자가 한밤중에 산길을 마다하지 않으니 그가 얼마나 이곳에 오고 싶어 하는지 미루어 짐작할 수가 있다.

하지만 태자가 온다는데 천상옥녀는 그다지 반갑지 않은

얼굴이다.

아니, 외려 눈도 뜨지 않고 초승달 같은 아미만 살포시 찌푸리고 있다. 여고수가 다시 조심스럽게 아뢰었다.

"소저, 준비를 하셔야 되지 않겠습니까?"

천상옥녀가 대답도 미동도 하지 않자 여고수가 재차 입을 열었다.

"소저, 태자께서 오실 텐데……."

"물러가라."

천상옥녀가 눈 감은 채 조용히 말하자 여고수는 움찔했다.

"하오나 소저, 태자께선 밤길도 마다하지 않으시고 소저를 만나러 오시는 중입니다."

북경을 출발한 태자가 천오백여 리 떨어진 이곳 태악산에 도착했다면 산 아래 현 같은 곳에서 하룻밤을 보내고 내일 날이 밝은 후에 출발하면 될 텐데, 구태여 이 밤중에 무슨 정성이 뻗쳐서 부득부득 이곳에 온다는 것인지 천상옥녀는 그마저도 심히 못마땅했다.

그제야 천상옥녀가 눈을 뜨더니 못마땅한 표정을 지었다.

"내가 태자를 오라고 했더냐?"

여고수는 찔끔해서 아무 소리도 못 했다.

"나는 그자를 눈곱만큼도 마음에 두지 않는다. 그러니 그자를 위해서 내가 단장을 해야 할 이유가 없다."

당금 천하에서 태자를 두고 이런 식으로 말하는 사람은 그리 흔치 않을 것이다.

"소저."

여고수는 천상옥녀의 최측근으로 좌호법이라는 신분이다. 그녀는 차분하게 직언했다.

"상대는 태자입니다."

천상옥녀가 바보가 아닌 이상 그 한마디면 된다. 구구절절 설명이 필요 없다.

황제나 태자를 홀대했다가 한낱 형장의 이슬로 사라진 사람이 부지기수다.

제아무리 부자나 권력가라고 해도 황권 앞에서는 무용지물이다. 천하의 주인 황권을 이길 자는 아무도 없다.

천상옥녀는 잠시 정면을 쏘아보더니 한참 만에 착 가라앉은 목소리로 말했다.

"한 시진 후에 준비할 테다. 이제 됐느냐? 모두 물러가라. 혼자 있고 싶다."

여고수 좌호법은 손짓으로 호위고수들과 하녀들을 물러가라고 지시한 후에 천상옥녀에게 공손히 허리를 굽히고 자신도 조용히 물러갔다.

천상옥녀는 태자가 오고 있다는 사실 때문에 기분이 매우 나빠졌다.

좌호법에게는 한 시진 후에 온천욕을 끝내고 태자를 맞을 준비를 하겠다고 말했지만 천상옥녀는 그럴 생각이 없었다.

태자가 도착하기 이각 전쯤에 온천탕을 나가서 대충 준비하면 그만이다.

그를 위해서 꽃단장에 화장을 하는 것 자체가 고역이고 구역질이 나니까 그러지 않을 것이다.

천상옥녀는 천하의 남자들을 발가락에 낀 때처럼 여기고 있으며 태자도 예외는 아니다.

구우우……

미세한 떨림이 일었다.

온천수에 온몸을 담그고 얼굴만 내놓은 채 반쯤 잠이 들었던 천상옥녀는 미간을 좁히면서 눈을 떴다.

부그르르……

드드드드……

온천탕 바닥에서 커다란 거품들이 솟구치고 온천탕을 비롯한 전각 전체가 거세게 진동했다.

또한 온천탕 물이 흡사 폭풍우가 몰아치는 바다처럼 심하게 출렁거렸다.

"이게 무슨……"

놀란 천상옥녀는 상체를 일으키면서 급히 주위를 둘러보았다.

그 순간 느닷없이 온천탕 전체가 아래로 푹 꺼졌다.

쿠와아앗!

아니, 꺼지는 것이 아니라 지하의 어떤 어마어마한 미증유의 거력(巨力)이 온천탕 전체를 빨아 당겼다.

"아앗!"

천상옥녀는 어떻게 해볼 겨를도 없이 온천탕 전체의 뜨거운 온천수와 함께 지저(地底)로 내리꽂혔다.

그녀는 공력을 극한으로 끌어올려 빠져나가려고 안간힘을 썼으나 아무런 소용이 없다.

초절고수인 그녀지만 자연의 엄청난 위력 앞에서는 그저 초라한 인간일 뿐이다.

그녀는 뜨거운 온천수와 함께 끝없는 지하로 추락했다.

'아… 안 돼……'

아무리 발버둥을 치고 전력을 다해도 속수무책이다. 빠져나갈 수가 없다.

온천탕이 통째로 붕괴하여 지하로 끝없이 빨려들다니 이런 천재지변이 일어날 줄은 꿈에도 예상하지 못했다.

잠시 후에 그녀는 자신이 뜨거운 온천수와 함께 비스듬히 아래로 뻗은 지하동굴 속을 빠른 속도로 흘러가고 있음을 깨달았다.

쿵!

'악!'

너무도 빠른 속도에 중심을 잃고 빙글빙글 돌던 천상옥녀는 뒷머리를 지하동굴 가장자리에 튀어나온 바위에 거세게 부딮치고 말았다.

'아아……'

정신이 가물가물 아득해졌다. 그녀는 자신이 이대로 죽을 것이라는 생각이 들었다.

'아… 안 돼… 이렇게 죽을 수는 없어……'

그녀는 꺼져가는 정신을 간신히 붙잡고 현재로서 최후의 방법인 귀식대법(龜息大法)을 전개했다.

그렇게 해서 호흡을 멈추고 온몸의 기능까지도 가사 상태로 만들어 버렸다.

그렇게 하면 반은 살고 반은 죽은 가사 상태에서 최대 한 달까지 버틸 수가 있다.

일류고수는 최대 열흘이지만 무려 삼백 년 공력의 초절고수인 그녀이기에 한 달까지 가능하다.

그녀는 최악의 순간에서도 희망의 끈을 놓지 않았다.

　　　　　*　　　　　*　　　　　*

절강성 북부 지역에서 최고로 높고 험악한 산이 동천목산(東天目山)이다.

동천목산에 대해서 조금이라도 아는 사람은 천하에서 이 산보다 험악한 산은 없다고 입을 모은다.

그처럼 험악한 동천목산에서도 가장 깊은 곳에 엉성한 초막(草幕)이 한 채 지어져 있다.

한 청년이 석 달 전에 지은 초막인데 바람만 조금 심하게 불어도 무너질 듯이 위태로웠다.

계곡 가장자리에 지어진 초막 앞으로는 맑은 계류가 흐르고 있으며, 초막 뒤쪽 울창한 숲속에서 기합 소리와 나무를 두드리는 둔탁한 소리가 터져 나왔다.

초막에서 이십여 장쯤 거리의 숲속에서 한 명의 청년이 목검을 쥐고 힘차게 나무를 때리고 있다.

따닥딱! 따따딱!

짧은 더벅머리에 상체는 벌거벗은 모습이며 전면의 아름드리나무를 상대로 부지런히 목검을 휘두르고 있다.

얼굴은 물론이고 상체에서 땀이 비 오듯이 흐르고 거친 숨소리가 터져 나왔다.

"허억! 헉… 헉… 헉!"

청년은 이십 대 초반의 나이며 조금 마른 듯 큰 키에 훤칠한 이목구비, 그러면서도 단단한 근육을 지닌 모습이다.

그가 목검으로 허공을 가르고 또 나무를 가격하는 동작은 무척 단조로웠다.

전면에 표적으로 삼은 아름드리나무의 좌우와 정면 위, 아래 네 군데를 세 번씩 모두 아홉 번 가격하는 수법이다.

나무의 왼쪽부터 한 차례 아홉 번 가격하고 나면 순서를 바꿔서 이번에는 나무의 오른쪽에서 다시 아홉 번 가격하고,

그다음에는 정면의 위와 아래를 차례로 아홉 번씩 가격한다.

그렇게 도합 삼십육 회를 가격하는 것으로 검법의 일초식이 끝난다.

그러면 방향을 바꿔서 다른 나무를 향해 보법을 전개하여 돌진하며 여태까지의 그 초식을 다시 전개한다.

보법이라고 해봐야 그 역시 검초식처럼 단조로우며 똑바로 달려가지 않고 갈지자로 달려간다는 것이 다른 정도다.

청년은 정오쯤에 검술 연마를 시작하여 신시(申時: 오후 4시경)가 훨씬 넘은 시각까지 잠시도 쉬지 않았다.

그의 체력은 상상을 초월한다. 수십 그루 나무를 표적으로 삼아서 똑같은 검초식을 수백 번 전개했으면서도 도무지 지칠 줄 모른다.

빡!

그때 나무를 가격한 목검의 절반이 뎅겅 부러졌다.

"헉헉헉… 하아아……."

청년은 동작을 멈추고 가쁜 숨을 몰아쉬면서 오른손에 쥐고 있는 부러진 목검을 굽어보다가 바닥에 내던졌다.

오늘은 이것으로 검법 수련을 마치고 새 목검을 만드는 일은 내일 아침으로 미룰 생각이다.

귀찮아서가 아니다. 며칠 동안 먹은 것이 거의 없어서 너무 허기가 지기 때문이다.

그는 사문의 검법을 완벽하게 터득할 때까지는 절대로 하산하지 않겠다는 굳건한 결심을 하고 석 달 전에 이곳 동천목산에 들어왔다.

그의 집이 있는 항주에서 동천목산까지는 칠십여 리의 먼 거리이므로 먹을 것을 많이 메고 오지 못했다.

동천목산 인근의 마을에서 식량을 사서 메고 들어오는 방법이 있기는 하지만 그러려면 형편 즉, 돈이 넉넉해야 한다.

가난한 청년은 집에서부터 식량을 조금 지니고 왔으며 그것은 산에 들어온 지 열흘이 지나기도 전에 다 떨어졌다.

어떻게 하든 일단 산에 들어오면 열매라든지 산짐승이 많을 테니 그것으로 식량을 삼으면 될 것이라고 생각했었는데, 그게 얼마나 어리석은 헛된 기대였는지를 깨닫는 데에는 채 열흘도 걸리지 않았다.

청년 진검룡(秦劍龍)은 주린 배를 움켜잡고 터덜터덜 걸어서 초막으로 향했다.

*   *   *

부그르르…….

아담한 크기의 연못에서는 뜨거운 김과 거품이 쉴 새 없이 피어올랐다.

폭 삼 장 길이 오 장여의 이 연못은 온천이다. 뜨거운 물이 사시사철 샘솟으며 바닥이나 연못 둘레의 들쭉날쭉한 크고 작은 바위들이 온천수의 독특한 성분 탓으로 온통 붉게 변색되어 있다.

진검룡은 온천탕 속의 한군데에 자리를 잡고 편안한 자세로 비스듬히 눕듯이 앉아서 눈을 감고 있다.

그는 아까 검법 수련을 끝내고 나서 물고기라도 잡아 허기를 달래려고 했으나 물고기는 한 마리도 못 잡고 차디찬 계류에 나자빠지는 바람에 추워서 죽는 줄 알았다.

극도로 허기가 지니까 동작마저 굼떠진 탓에, 그렇지 않아도 빠른 물고기를 첨벙거리면서 쫓다 발을 헛디뎌서 머리에서 발끝까지 물속으로 잠수를 하고 말았다.

그가 이곳에 들어온 지난 석 달 동안 계류와 위쪽 상류의 아담한 소(沼)에서 잡아먹은 물고기는 다 합쳐봐야 열 손가락으로 꼽을 정도였다.

계류와 소에는 팔뚝만 한 커다란 물고기들이 우글거리는데 진검룡이 석 달 동안 잡아먹은 물고기가 채 열 마리도 되지 않는다는 것은 말이 되지 않는다. 한마디로 그림의 떡이라는 얘기다.

석 달 전 이 산에 처음 들어왔을 때 진검룡이 계류 가를 정해서 초막을 지은 첫 번째 이유는 마실 물을 손쉽게 얻고 물고기를 잡아먹을 수 있을 것이라고 기대했기 때문이다.

그 덕분에 마실 물은 걱정하지 않았으나 물고기를 잡아먹는 것은 결코 녹록하지 않았다.

물고기 한 마리를 잡으려면 미친 듯이 계류를 이리 뛰고 저리 뛰면서 거의 하루를 허비해야 하는데 그렇게 되면 이곳에 검법 수련을 하려고 들어온 의미가 없다.

진검룡은 한낱 미물인 물고기가 그처럼 빠르다는 사실을 이곳에 들어와서 처음 알았다.

그리고 사람이 물만 마시고는 절대로 살아갈 수 없다는 사실도 새삼 알게 됐다.

"휴우……."

생각할수록 한숨만 절로 나왔다. 그런데 한숨을 쉬고 나니까 뱃가죽이 더 쪼그라들어 아예 등가죽에 들러붙었다. 한숨을 쉬면 더 배가 고파진다.

그나마 우연한 기회에 이 온천탕을 발견하지 못했더라면 진검룡은 한 달도 버티지 못하고 하산해 버렸을 것이다.

초막이 있는 계류에서 삼십 장쯤 상류에 아담한 소와 낮은 폭포가 있으며, 그곳에서 숲 쪽으로 불과 삼십여 장 거리에 난립해 있는 몇 개의 커다란 바위들 뒤에 온천탕이 다소곳이 숨어 있었다.

진검룡은 오늘도 하루 종일 아무것도 먹지 못했다. 며칠 전까지만 해도 이따금 눈에 띄던 산열매들이 이제는 씨가 말라서 눈에 불을 켜고 찾아도 보이지 않았다.

그래서 진검룡은 굶주린 배를 부여안고 따뜻한 온천수에 몸을 데우면서 극도의 허기를 달래고 있는 중이다.

그리고 아까 온천탕에 들어온 이후 줄곧 고민하던 것에 대해서 그는 마침내 결정을 내렸다.

'내일 아침에 날이 밝으면 하산해야겠다.'

동천목산에 입산하기만 하면 식량으로 대용할 산열매가 지천으로 널려 있고 산짐승들이 많을 것이라 짐작하여 일부러 늦여름에 입산했는데, 가을을 다 보내도록 산열매를 하루에 한 움큼조차 제대로 따 먹지 못했다.

검법 수련을 내팽개치고 한나절 동안 나뭇가지와 가시에 찔리면서 산중을 헤매어봐야 간신히 산열매 한 움큼을 얻을 수가 있으며, 어쩌다가 운이 좋은 날에 산토끼나 꿩이라도 한 마리 잡아서 고기를 맛볼 수 있었다.

그렇게라도 여름이나 가을이 줄곧 이어진다면 어떻게든 버텨보겠는데 이제 곧 겨울이 닥쳐온다.

아니, 이미 초겨울이라서 물고기를 잡으려다가 계류에 빠지면 온몸이 꽁꽁 얼어버려서 죽을 것만 같다.

이런 깊은 산중의 겨울은 인간 세상의 겨울보다 더욱 혹독할 터이다.

그때가 되면 눈이 많이 와서 하산하고 싶어도 하지 못할 상황에 처할 수도 있으며 그러다간 십중팔구 산중고혼이 되고 말 터이다. 그렇기 때문에 지금쯤 하산을 결정하지 않으면 기회가 없다.

진검룡은 지금껏 살아온 이십 년 동안 주위에서 가장 많이 들었던 말이 자신을 '독종'이라고 부르는 말이었다.

뭐든지 결심을 하면 끝을 보고야 말고 누구에게 두들겨 맞아서 항복을 해본 적이 없는 지독한 성격이다.

그런데 지금은 독종이라는 말을 갖다 붙일 상황이 아니다.

겨울이 되면 굶어서 죽거나 얼어서 죽을 판국인데 무슨 말라빠진 독종이라는 말인가.

'더 이상은 안 된다. 떠나자……!'

진검룡은 내일 아침에 일찌감치 하산할 것을 다시 한번 굳게 다짐했다.

사문의 자랑스러운 성명검법인 청풍사선검(青風射線劍)은 팔 성까지 연마했다.

원래 사문에 있을 때 육 성까지 익혔는데 동천목산에 들어온 이후 팔 성이 되었다.

불과 석 달 동안이지만 이를 악물고 열성을 다해서 이 성을 더 터득했으니 그것만으로도 대단한 성취다.

십 성까지 완벽하게 터득하지는 못했지만 팔 성의 청풍사선검이라면 진검룡이 사는 거리에서는 예전보다 더 어깨에 힘좀 넣고 활보해도 될 터이다.

십 성까지 터득하지 못한 것이 못내 아쉽지만 굶어 죽으면아무 소용이 없는 일이다.

그때부터 진검룡은 하산하여 항주로 돌아가면 무슨 일을어떻게 할 것인지에 대해서 계획을 짜느라 곰곰이 깊은 생각에 잠겨 들었다.

그러다가 깜빡 잠이 들었나 보다.

쿠르르르!

어느 한순간 진검룡은 지축이 은은하게 진동하는 것을 느끼고 번쩍 눈을 떴다.

온천탕 속에 얼굴만 내놓고 비스듬히 눕듯이 앉은 자세인 그의 몸이 갑자기 덜덜덜 심하게 떨리고 또 온천탕 물이 미친 듯이 들끓었다.

그는 움찔 놀랐다.

'지진인가?'

과르르르…….

그때 돌바닥을 짚고 있는 그의 오른손이 아래로 푹 꺼지면서 찰나지간 허전해졌다.

"……."

아니, 갑자기 아래로 푹 꺼져서 손이 밑으로 쑥 들어가는 것 같더니 느닷없이 거기에 구멍이 뻥 뚫리면서 무언가 거세게 확 뿜어졌다.

"……."

진검룡이 앉아 있는 온천탕 바닥에 뚫린 구멍에서 물기둥이 온천수 수면을 뚫고 밤하늘 일직선으로 뿜어졌다.

방금 전에, 그리고 지금도 분명히 어떤 느낌이 진검룡의 오른팔을 덮쳤는데 한계를 넘어선 너무도 강렬한 느낌이라서 그 것이 어떤 것인지 순간적으로 조금도 느껴지지 않았다.

그러더니 방금 전의 그 느낌이 그의 온몸을 휩쌌다. 몸이 아래로 푹 꺼지면서 바닥의 구멍이 커지더니 돌연 어떤 무시무시한 기운이 그의 온몸을 뒤덮었다.

쿠와아앗!

그러고는 거센 물줄기가 그를 허공으로 뿜어 올렸다.

"우와앗!"

밤하늘로 날아오른 후에야 그는 자신을 뒤덮은 이 괴이한 느낌이 무엇인지 비로소 깨달았다.

그것은 필설로는 도저히 뭐라고 형언할 수 없을 정도로 어마어마한 뜨거움이었다.

마치 용광로, 아니, 용암에 빠진 것 같은 극렬한 열기가 그의 온몸을 휘감은 상태에서 그의 몸뚱이를 밤하늘로 비스듬하게 높이 뿜어 올렸다.

얼마나 뜨겁고 놀랐으면 비명조차 터지지 않았다. 그저 눈을 찢어질 듯이 부릅떴으며 목젖이 튀어나올 것처럼 입을 크게 벌렸을 뿐이다.

지금 이 순간 그는 자신이 이대로 온몸이 익어서 죽을 것이라는 생각밖에 들지 않았다.

그런데 그때, 느닷없이 몹시 새롭고 이상한 기운이 그의 온몸을 감쌌다.

콰아아아앗!

찌릿한 것은 조금 전과 비슷한데 엄밀히 따지면 전혀 다른, 아니, 상극의 느낌인 것 같았다.

조금 전 것이 번갯불에 정통으로 맞은 느낌이라면 이번 것은 순식간에 온몸이 수천 갈래로 조각나는 느낌이다.

그리고 다음 순간.

"으아악!!"

진검룡은 그것이 얼음보다 수백 배 더 차가운 느낌이라는 사실을 깨닫고 처절한 비명을 터뜨렸다.

그는 극렬한 용암 같은 물체에 휩싸여 온천탕에서 솟구쳐 올랐다가 십여 장쯤 쏜살같이 날아갔으며, 이번에는 얼음보다 수백 배 차가운 액체가 뒤따라와서 그를 덮쳤다.

극렬한 용암의 뜨거움과 소름 끼치는 극한의 차가움은 공통점이 있다.

죽어보지 않았으므로 죽음의 고통이 어떤지는 모르겠지만 필경 이 뜨거움과 차가움의 고통은 죽음의 고통보다 몇 배 더 할 것이라는 사실이다.

진검룡은 자신이 지금 어떤 상황인지, 죽어가고 있는 것인지, 아니면 한 가닥 생존의 기회 같은 것이 있는지조차도 알지 못했다.

그저 눈을 꼭 감은 채 죽어도 좋으니까 제발 이 고통에서 벗어나기만 간절히 바라고 있었다.

일직선으로 날아가던 그의 몸이 이윽고 아래로 하강하기 시작하더니 곧장 내리꽂혔다.

촤앙!

그는 계류의 상류 쪽 폭포 아래의 소 한가운데에, 밤하늘을 보면서 사지를 활짝 벌린 대자 자세로 떨어졌다.

그런데 바로 그 순간, 어떤 커다란 물체가 그를 덮치며 거세게 충돌했다.

퍼억!

진검룡은 정신을 거의 잃고 다 죽어가는 마당이라서 충돌의 고통은 추호도 느끼지 못했다.

부그르르…….

이어서 그는 자신과 부딪친 물체를 안은 채 물속으로 천천히, 깊숙이 가라앉았다.

소는 꽤 깊은 편이어서 수심이 오 장이나 했는데 그는 바닥에 가라앉았다.

그는 눈을 감고 있으며 크게 벌린 입과 코로 물이 쏟아져 들어가고 거품이 부글부글 뿜어졌다.

그런데 그의 몸 위에 엎드린 자세로 붙어 있는 것은 믿을 수 없게도 사람, 그것도 한 겹의 얇은 옷만 입고 있는 여자였다.

하지만 그는 그런 사실을 추호도 모른 채 깊은 혼절 속으로 점점 깊이 빠져들고 있는 중이다.

마침내 그의 코와 입으로 더 이상 물이 들어가지 않고 모든 움직임이 멈추었다.

그와 마주 보는 자세인 여자의 삼단 같은 검고 긴 머리카락이 해초처럼 펄럭이면서 두 사람의 얼굴을 뒤덮었다.

두 사람은 수심 오 장 모래 바닥에 서로 마주 보는 자세로 포개진 채 미동도 하지 않았다.

온천탕에서 뿜어진 굵은 물줄기가 밤하늘을 가로질러 두 사람의 저만치 위쪽 수면으로 쏟아지고 있다.

쿠쿠쿠우우!

수면에서 일 장 깊이까지는 붉은색과 푸르스름한 색의 다른 성질의 액체가 물과 기름처럼 서로 섞이지 못한 채 따로 작은 소용돌이를 이루다가 계류 쪽으로 흘러갔다.

그렇지만 소의 바닥은 물의 흐름이 전혀 없으며 두 액체의 영향을 전혀 받지 않았다.

이윽고 온천탕에서 더 이상 액체가 뿜어지지 않았고 소의 수면은 잠잠해졌다.

소 밑바닥의 진검룡과 여자는 여전히 움직임이 일절 없어서 이미 숨이 끊어진 듯했다.

여자의 숱이 많은 검고 긴 머리카락이 아래로 흘러서 두 사람의 얼굴을 덮고 있다.

그때 머리카락 속, 여자가 갑자기 번쩍 눈을 떴다.

원래 그녀는 위험에 처한 순간에 귀식대법을 전개했다가 정확히 삼십 일 만에 저절로 깨어나 눈을 뜬 것이다. 그녀의 귀식대법은 최장 삼십 일에 맞춰져 있었다.

그녀는 지금 자신이 처한 상황을 인지하려는 듯 눈을 깜빡거리면서 생각을 해보았다.

그런데 자신이 어쩌다가 이런 상황에 처하게 됐는지 아무것도 생각나지 않았다.

자신의 기억 중에서 어떤 한 부분이 기억나지 않으면 답답해서 미칠 지경이겠지만 온통 깡그리 아무것도 생각나지 않으니까 그저 무덤덤했다.

다만 그녀는 자신의 몸 아래에 눈을 꾹 감고 입을 벌린 채 누워 있는 남자가 누군지 궁금할 뿐이다.

눈동자를 이리저리 굴려본 그녀는 자신이 물속 바닥에 가라앉아 있다는 것, 그리고 자신이 모르는 남자와 마주 보는 자세로 포개져 있다는 사실을 깨달았다.

그렇게 해서 도달한 여자의 첫 번째 생각은 즉시 위로 떠올라야겠다는 것이다.

그 순간 그녀의 몸이 느린 것 같으면서도 몹시 빠르게 수면으로 떠올랐다.

스읏!

떠오르려고 일부러 몸을 움직이지도 않았는데도 생각과 동시에 몸이 저절로 떠올랐다.

당금 무학의 최고봉 중 하나인 이어심공(以馭心功)이 전개된 것이다.

그런데 진검룡이 여자와 찰싹 달라붙은 채 같이 위로 딸려 올라갔다.

촤앗!

"아!"

수면 위 밤하늘 오 장 높이까지 선 자세로 솟구친 여자는 자신의 몸 앞에 진검룡이 여전히 마주 본 자세로 붙어서 서 있는 것을 발견하고 움찔 놀랐다.

그녀는 자신보다 머리 하나 정도 더 크고 덩치도 우람한 진검룡의 양쪽 팔을 잡고 힘껏 밀었다.

그러나 떼어지지 않고 밀착된 그녀와 진검룡의 가슴 부위 살이 찢어지는 것 같았다. 그 말인즉 두 사람이 서로 한 몸처럼 찰싹 붙어버렸다는 뜻이다.

여자는 그것이 고통스럽지는 않지만 생판 모르는 남자와 가슴이 붙어버렸다는 사실을 받아들이기가 힘들었다.

더 힘을 주면 진검룡의 살이 찢어질 테지만 그녀는 그렇게 되는 것을 원하지 않았다.

예전 기억을 잃기 전의 그녀가 이런 상황이었다면 상대가 누가 됐든지 간에, 그리고 또 상대가 어떻게 되든지 간에 즉시 떼어냈을 것이다.

第二章

전라남녀(全裸男女)

그녀는 소의 수면 위 오 장 높이 밤하늘에 정지한 채 지금 자신의 몸이 어떤 상태인지 확인해 보았다.

　　지금 그녀가 전개하고 있는, 허공에 정지하는 수법 역시 무림의 초절고수만이 가능하다.

　　"하아……."

　　잠시 후 그녀는 망연자실하고 말았다. 그녀의 얼굴과 두 팔, 두 다리만 제외하고 몸통이 낯선 남자의 앞면과 한 몸처럼 찰싹 붙어버렸기 때문이다.

　　도대체 어쩌다가 이런 상황이 돼버렸는지 모를 일이다.

　　여자는 얼굴을 한껏 뒤로 빼고 낯선 남자의 얼굴을 뚫어지게 살펴봤지만 전혀 모르는 사내다.

아니, 이 사내뿐만 아니라 자신이 어째서 이런 곳에 이런 모습으로 있는 것인지 손톱만큼도 알 수가 없다.

그래도 일단 두 사람의 붙어 있는 몸부터 떼어내야겠다고 생각했다.

더구나 두 사람은 나신이지 않은가. 뿐만 아니라 그녀는 온몸이 붙어버렸기 때문에 육안으로는 확인하지 못하는 배 아래쪽 상황이 몹시 궁금했다.

여자는 주위를 둘러보다가 저만치 숲 가까운 곳에 난장판이 된 온천탕을 발견하고 그곳으로 날아갔다.

스으…….

날아가려고 마음만 먹었을 뿐인데 몸이 그쪽으로 미끄러지듯이 이동했다.

온천탕에서는 더 이상 뜨거운 물이든 찬물이든 뿜어 나오지 않고 고요했다.

또한 예전에 온천탕과 계류의 소 사이를 병풍처럼 가로막고 있던 거대한 바위들이 지금은 다 박살 나서 바닥에 어지럽게 흩어져 있었다.

조금 전 온천탕에서 분출된 물줄기에 맞아서 바위들이 박살 난 것인데, 물줄기가 얼마나 강력했는지 짐작할 수 있다.

여자는 온천탕 가장자리에 소리 없이 내려섰다. 얼마나 기척이 없는지 처음부터 그 자리에 있었던 것 같았다.

그녀는 자신과 몸의 앞면이 들러붙은 낯선 사내를 떼어내는 일이 중요하지만, 주위 상황으로 미루어 봤을 때 조금 전에 뭔가 굉장한 일이 벌어진 듯한 온천탕 주변을 둘러보는 것이 우선인 것 같았다.

원인을 알아내야지만 제대로 된 해결 방법이 나올 것이기 때문이다.

그녀는 온천탕에 고인 물을 향해 한 손을 뻗었다.

츄우웃!

그러자 온천수 한 움큼이 주먹 크기의 덩어리로 뚝 떼어져서 그녀에게 끌려왔다.

스웃…….

그녀가 손을 뻗자 한 움큼의 물이 그녀의 손바닥에 살포시 내려앉았다.

스르…….

동그랗게 뭉쳐 있는 물이 스러지면서 그녀의 손바닥을 적셨다가 아래로 흘러내렸다.

'이것은…….'

그녀는 단지 손으로 만져보는 것만으로 온천수의 성분을 간파하고 적잖이 놀라는 표정을 지었다.

그녀는 자신의 신상에 대한 것만 기억을 하지 못할 뿐이지 십칠팔 년 동안 배운, 타의 추종을 불허할 정도의 높고 깊은 학문과 지식, 온갖 경험에 대한 것들은 고스란히 두뇌와 몸에 담고 있다.

그녀가 방금 간파한 바에 의하면 온천수는 두 가지 성분을 지니고 있었다.

'설마 이것은 지정극한수(地精極寒水)와 만천극열수(萬天極熱水)가 아닌가?'

그녀는 다시 한번 온천탕에 손을 뻗어 한 움큼의 온천수를 끌어당겨서 만져보고는 그것이 지정극한수와 만천극열수라는 사실을 재확인했다.

우주를 창조한 모태인 일원(一元)은 삼라만상을 탄생시켰으며, 현재까지 삼라만상을 지속시키고 있는 두 개의 원천적인 기운을 이원(二元), 혹은 음양(陰陽)이라고 하는데 그것의 근원이 바로 지정극한수와 만천극열수이다.

풀어서 말하면 지정극한수는 극음(極陰)의 정수이자 결정체이고 만천극열수는 극양(極陽)의 정수이고 결정체이다.

드넓은 천하의 어딘가 지하 깊디깊은 곳에는 지정극한수와 만천극열수가 존재하고 있으며, 그것들이 지저(地底)를 통해서 사면팔방으로 뻗어나가 삼라만상을 생성, 유지시키는 것으로 알려져 있다.

그런데 여자가 방금 전에 두 번씩이나 확인해 본 결과 이곳 온천수가 지정극한수와 만천극열수로 이루어져 있었다.

물론 십 성의 온전한 성분이 아니고 삼 성가량뿐인 성분이지만 지상의 온천수에 극음과 극양 두 개의 성분이 나타났다는 자체가 경이로운 일이다.

더구나 그것은 어쩌면 여자가 낯선 남자와 몸의 앞면이 달라붙은 원인일 수도 있기에 더욱 중요한 것이다.

사실 진검룡이 온천탕 안에 앉아 있을 때 바닥을 뚫고 처음에 그를 덮쳤던 용암 같은 뜨거운 액체가 극양의 정수인 만천극열수, 그것도 십 성의 순수한 결정체였다.

그리고 그가 엄청난 기세로 뿜어지는 만천극열수에 떠밀려서 허공을 날아가고 있을 때 두 번째로 그를 덮친 차디찬 액체가 극음의 정수 지정극한수였다.

여자는 잠시 운공조식을 해보았다.

"아……!"

잠시 후 크게 놀란 그녀는 나직한 탄성을 터뜨렸다. 자신의 체내에 지정극한수와 만천극열수의 순정기(純精氣)가 가득 들어찬 것을 확인했기 때문이다.

문득 그녀는 손을 뻗어 진검룡의 어깨를 잡고 그의 체내에 진기를 주입했다가 일주천시킨 후에 회수했다.

그 결과 진검룡 체내에도 지정극한수와 만천극열수의 순정기가 가득한 사실을 확인했다.

순정기란 지정극한수와 만천극열수가 최고조로 정제되어 정(精)과 기(氣)로 화한 상태를 말한다.

정제(精製)라는 것은 불순물이 전부 제거되어 최고의 순수함만 남기는 과정이다.

여자는 눈을 깜빡거리며 잠시 생각에 잠겼다.

지정극한수와 만천극렬수는 서로 상극(相剋)이다. 이 두 가지 기운은 태고 이래로 서로 마주친 적이 한 번도 없는 것으로 알려져 있다.

마주치면 안 되고 마주칠 수도 없기 때문이다. 어떻게 한 곳에 극음과 극양이 공존할 수 있다는 말인가.

그것은 물과 불이 한 곳에 같이 있다는 뜻인데 절대 있을 수 없는 일이다.

그렇지만 그 있을 수 없는 일이 지금 두 사람에게 일어났다.

천하의 학문과 지식을 머릿속에 가득 담고 있는 여자는 아미를 살포시 찌푸리고 골똘한 생각에 잠겼다.

"아······."

그러다가 그녀는 뒷머리 오른쪽이 묵직하면서 뭉근한 고통이 전해지는 것을 느끼고 그곳에 손을 뻗었다.

그녀의 손에 두둑하게 솟은 혹이 만져졌고 그것을 누르자 찌릿한 통증이 느껴져서 얼른 손을 뗐다.

'이것 때문에 기억이 나지 않는 것인가······.'

그녀는 자신의 뒷머리가 무언가와 호되게 충돌한 충격으로 기억을 잃었을지도 모른다는 생각이 들었다.

문득 그녀는 서 있는 것이 매우 불편하다는 사실을 느꼈다. 그녀가 두 발로 바닥을 딛고 선 탓에 그녀보다 훨씬 키가 큰 진검룡의 두 발이 구부러져서 엉거주춤한 자세가 되어 불편할 수밖에 없는 것이다.

그녀는 진검룡의 몸에 약간의 공력을 주입하여 그가 두 발을 딛고 똑바로 우뚝 서게 만들었다.

그랬더니 이번에는 그녀의 두 발이 허공에 대롱대롱 떠 있는 자세가 돼버렸다.

발가락 끝을 뻗어서 아래를 더듬어보았지만 딛고 서려고 마음먹은 진검룡의 발등이 느껴지지 않았다.

그래서 임시방편으로 두 발을 벌려서 진검룡의 무릎 뒤쪽으로 돌려 지탱하고 두 손으로는 그의 양쪽 어깨를 잡았다.

이것은 다정한 연인이나 부부끼리만 가능한 자세지만 그녀는 원래 숙맥이라서 그런 것을 전혀 알지 못했다.

또한 그녀는 자신의 남녀 관계도 기억하지 못하기에 그저 지금으로선 이 자세가 제일 편했다.

그리고 나서 그녀는 어쩌다가 자신들이 이런 상황이 됐으며 어떻게 하면 두 사람의 몸을 분리할 수 있을지에 대해서 한동안 곰곰이 궁리해 보았다.

일각 동안 궁리한 끝에 그녀는 자신들 두 사람이 어떻게 해서 한 몸처럼 붙게 됐으며 그것을 어떻게 떼어내야 할지에 대한 방법을 생각해 냈다.

그녀는 낯선 남자 진검룡의 온몸에 만천극열수의 순정기가 가득 차 있는 상태에서 그와는 반대로 지정극한수의 순정기가 가득한 그녀가 어떤 막강한 힘에 의해 충돌을 했을 것이라고 짐작했다.

온천탕을 자세히 살펴보니까 두 개의 커다란 구멍이 뚫려 있는데 아마 그곳에서 각각 만천극열수와 지정극한수가 뿜어졌을 것이다.

그러지 않고서는 극양과 극음이 서로 마주칠 수가 없기 때문이다.

극양과 극음은 서로 상극이지만 어떤 초월적인 막강한 힘에 의해서 부딪치게 되면 붙어버린다는 것이 지금껏 정설로 여겨져 왔었다.

또한 그녀와 진검룡의 체내에 서로 상극인 지정극한수와 만천극열수의 순정기가 가득 들어차 있는 이유는 두 사람이 충돌을 하는 과정에서 각자의 체내에 있던 순정기가 상대의 체내로 유입되었을 것이라고 추측했다.

그랬기에 결코 공존할 수 없는 극양과 극음의 순정기가 한 사람의 체내에 들어 있는 것일 게다.

슛…….

그녀는 허공으로 솟구쳐서 주위를 둘러보며 두 사람의 몸을 분리할 만한 마땅한 장소를 찾아보았다.

그리고 그녀의 눈에 저만치 계류 아래쪽에 있는, 한 채의 다 쓰러져 가는 초막이 들어왔다.

진검룡이 석 달 동안 지낸 초막 안은 두어 평의 자그마한 크기이며 바닥에는 누런 풀이 푹신하게 깔려 있고 사방과 천장이 풀로 가려져서 바람과 밤이슬을 막아줄 수 있을 뿐이지 그 이상을 기대하는 것은 무리다.

여자는 어떤 자세를 취하는 것이 좋을까 이리저리 궁리하다가 진검룡을 바닥에 등을 대고 눕히고 자신이 그 위에 엎드리는 자세를 취했다.

여러 가지 자세를 궁리하고 실제로 취해봤는데 지금 이 자세가 가장 적절한 것 같았다.

원래 순진무구한 데다 자신에 대해서 아무것도 기억하지 못하는 그녀로서는 이것저것 가릴 이유가 없다.

여자는 고개를 빳빳하게 해서 자신의 얼굴과 진검룡의 얼굴이 붙지 않도록 한 상태에서 공력을 끌어올렸다.

그녀가 여러 방법으로 살펴보니 두 사람의 몸이 일체가 된 것이 아니라 살갗만 붙은 것이었다.

두 사람의 몸이 일체가 되어 내장과 장기마저 서로 공유하는 최악의 상황은 아니라는 얘기다.

지금처럼 살갗만 붙은 정도라면 그녀의 능력으로 간단하게 해결할 수 있다.

츠으으……

그녀가 공력을 끌어올리자 오색의 운무가 피어올라 두 사람 주위를 자욱하게 뒤덮었다.

그녀는 자신이 어떤 종류의 무공을 터득했는지, 그리고 공력이 얼마나 되는지 알지 못한다.

그저 오랜 습관에 의해서 그때그때 적절하게 공력을 끌어올린다든지 무공을 전개하는 것이다.

그때 두 사람을 뒤덮었던 오색 운무가 절반은 진검룡의 몸속으로 주입되더니 나머지 절반은 여자와 진검룡이 붙은 앞면으로 흘러들었다.

이어서 두 사람의 붙은 살갗을 분리하기 시작했다.

츠츠으으…….

기이한 음향이 나자 여자는 천천히 상체를 들어 올렸다.

투두… 투우…….

여자는 엎드린 자세에서 두 손으로 바닥을 짚지도 않았는데 저절로 상체가 활처럼 휘어지며 위로 들렸다. 그러면서 두 사람의 붙은 몸이 점점 더 분리되었다.

제일 먼저 가슴이 분리됐다. 여자의 풍만한 상체가 허공으로 들어 올려졌다.

진검룡과 붙었던 부위는 발갛게 약간 부어 있었다. 떼어지면서 충격이 전혀 없을 수는 없다.

투우우… 투두….

이어서 배가 떨어지자 여자는 반사적으로 자신의 하체를 내려다보다가 곧 어두운 표정이 되었다.

그녀의 하체와 진검룡의 하체가 빈틈없이 찰싹 밀착되어 있
었기 때문이다.

하긴 양쪽 허벅지가 붙어버렸는데 은밀한 부위라고 어찌 붙
지 않았겠는가.

털썩!

하체까지 다 분리한 여자는 옆으로 엉덩방아를 찧으면서
주저앉았다.

그녀는 부지중 진검룡을 쳐다보다가 급히 고개를 돌리면서
외면했다.

"앗!"

황급히 외면을 했는데도 진검룡의 하체가 그녀의 망막에
고스란히 새겨져 영 지워지지 않았다.

그녀는 이곳에 더 있을 수가 없어서 발딱 일어나 초막 밖으
로 뛰쳐나갔다.

초막 밖은 아직 밤이지만 그녀는 밖으로 나오자마자 전방
의 허공을 향해 무작정 일직선으로 쏘아 날아갔다.

스으읏!

*   *   *

초막 안의 진검룡은 아까 여자가 몸을 분리한 이후 내버려

둔 그대로 누워 있는 모습이다.

그는 만천극열수에 이어서 지정극한수, 게다가 여자와 무지막지하게 충돌한 세 번의 충격으로 혼절한 이후 깨어나지 못하고 있는 상태다.

그뿐이 아니라 현재 그의 체내에는 만천극열수와 지정극한수의 순정기가 가득 들어차 있다.

그는 공력이라고 할 것까지도 없는 겨우 십오 년 공력을 지니고 있었다.

그런데 그 정도 얕은 공력으로는 그의 체내에 가득한 만천극열수와 지정극한수의 순정기를 다루지 못한다. 아니, 손도 대지 못한다.

최소한 삼 갑자 백팔십 년 이상의 공력을 지니고 있어야지만 순정기를 다루어서 자신의 공력으로 만들거나 무공으로 승화시킬 수가 있는 것이다.

그렇지만 만약 진검룡을 이대로 방치한다면 스스로 깨어나지 못하고 끝내 죽을 수밖에 없을 터이다.

그와 붙어 있던 몸을 분리한 여자가 훌쩍 떠나 버린 후에도 한 시진이 넘도록 그는 벌거벗은 몸으로 혼자 누워 있었다.

그때 그의 배꼽 아래 단전 부위가 흐릿하게 빛났다.

지이잉……

뒤이어서 기이한 음향이 흐르더니 그의 단전이 금광과 백광으로 밝게 빛났다.

그러고는 금광과 백광이 한데 섞인 빛이 단전을 중심으로 잔물결처럼 그의 온몸으로 퍼져갔다.

지이잉…….

그의 몸 전체가 밝은 금광과 백광으로 환하게 빛났다가 스러졌다.

초막 안에는 다시 캄캄한 어둠이 찾아들고 진검룡은 여전히 깊은 혼절에 빠져 있다.

그것은 아마도 그의 체내에 가득 차 있는 만천극열수와 지정극한수의 순정기 때문일 것이다.

동이 터올 무렵 계류 건너 숲 위로 하나의 희끗한 인영이 모습을 드러냈다.

아까 초막을 떠났던 여자가 다시 돌아왔다. 여전히 벌거벗은 나신이며 눈 깜짝할 사이에 계류 위를 날아 넘어서 초막 앞에 기척 없이 내려섰다.

그녀는 초막을 떠난 지 반시진 만에 되돌아왔다. 가도 가도 끝이 없을 것 같은 동천목산을 거의 벗어날 즈음에 방향을 돌려서 되돌아온 것이다.

그녀가 되돌아온 가장 큰 이유는 두 가지인데 하나는 진검룡을 저대로 놔두고 갈 수 없기 때문이고, 또 하나는 이대로 떠난다고 해도 자신이 누군지조차 모르는 터라서 갈 곳이 전혀 없기 때문이다.

여자는 진검룡을 저대로 놔두면 영원히 깨어나지 못하고 결국 죽고 말 것이라고 짐작했다.

여자는 원래 천성이 어느 누구보다 순수하고 선한 편이라서 진검룡을 저대로 놔두지 못한다.

아까는 자신에게 생긴 뜻밖의 일 때문에 너무 큰 충격을 받고 놀라서 무작정 어디론가 쏘아갔지만 가는 도중에 냉정하게 생각을 정리한 후에 다시 돌아온 것이다.

더구나 진검룡은 그녀에게 매우 특별한 존재다. 기억을 잃은 그녀가 유일하게 의지할 수 있는 사람이 그인데 이대로 떠나는 것은 바보 같은 짓이다.

여자는 물끄러미 초막을 바라보았다.

그녀는 진검룡에 대해서 일절 모른다. 만천극열수의 순정기가 가득 들어찬 그와 지정극한수의 순정기가 가득한 자신이 부딪쳐서 한 몸처럼 붙어 있다가 떨어졌다는 사실 말고는 아는 것이 아무것도 없다.

그녀는 진검룡이 깊은 산속의 이런 초라한 초막에서 혼자 살고 있는 남자라고 짐작했다.

그렇다면 갈 곳이 없는 그녀를 만약 진검룡이 받아준다면 이곳에서 그와 같이 살아야 할 것이다.

자신의 신분과 신세에 대해서 아무것도 모르는 그녀이기에 번화한 도회지에서 살든 깊은 산골에서 살든 별다른 의미가 없는 일이다.

그녀는 일단 진검룡을 깨어나게 해야겠다고 생각했다.

끼이…….

그녀는 조금 힘을 주기만 해도 부서질 것 같은 조악하게 만든 나무 문을 밀고 초막 안으로 들어갔다.

진검룡은 아까 그녀가 봤던 모습 그대로 바닥에 똑바로 누운 자세로 혼절해 있었다.

그녀는 진검룡을 쳐다보다가 급히 고개를 돌렸다. 그가 벌거벗고 있는 탓에 그를 보려고 하면 은밀한 부위를 보지 않을 수가 없어서다.

그녀는 진검룡을 될 수 있으면 보지 않으려고 애쓰면서 손을 뻗어 더듬어서 그의 손목을 잡고는 가만히 눈을 감고 부드러운 진기를 주입하기 시작했다.

세 번에 걸친 호된 충격으로 놀라고 자리를 이탈한 진검룡의 장기를 어루만지고 심신을 맑게 해주자 미약했던 호흡과 맥박이 점차 정상으로 돌아왔다.

그녀는 진검룡의 체내에 만천극열수와 지정극한수의 순정기가 극도로 정심(精深)한 데다 그 양이 어마어마한 사실에 적잖이 놀랐다.

하지만 지금은 그걸 그의 체내 기경팔맥 안에 두루 분산시켜두기만 했다.

그가 어떤 사람인지 모르는 데다 장차 그녀와 어떤 인연이

될지도 모르기 때문에 섣불리 순정기를 공력으로 변환하여 그가 쉽게 다룰 수 있도록 손을 쓰지 않았다.

또한 그렇게 하려면 몇 시진에서 한나절 정도의 시간이 소요되기 때문에 지금은 적당한 때가 아니다.

여자는 진검룡에게서 손을 떼고 조금 물러난 곳에 단정하게 무릎을 꿇고 앉아서 그를 지켜보았다.

진검룡은 온천탕에 앉아서 내일 아침에 하산해야겠다는 결정을 내렸던 것에서 기억이 멈춰 있다.

그는 멍한 표정으로 천천히 눈을 뜨고는 잠시 껌뻑거렸다. 풀로 만든 벽 틈으로 아침의 햇살이 비집고 들어와 초막 안을 어슴푸레하게 밝혀주고 있었다.

'여긴 초막 안인 것 같은데 어떻게 된 거지? 난 온천탕에 앉아 있었는데……'

그러다가 그는 문득 자신이 온천탕에 앉아 있던 곳에서 용암처럼 뜨거운 무언가가 거세게 뿜어지며 그를 밤하늘로 날려 버렸던 기억이 번쩍 되살아나서 소스라치게 놀랐다.

"앗!"

그는 퉁기듯이 벌떡 일어났다.

파앗!

"우앗!"

그런데 그의 몸이 그대로 천장을 뚫고 수직으로 솟구치자 비명을 터뜨렸다.

누워 있던 그는 놀란 탓에 단지 상체를 일으켜서 앉으려고 약간의 힘을 주었을 뿐인데 그 힘이 그를 수직으로 솟구치게 만든 것이다.

슈우웃!

"우와악!"

초막을 뚫고 수직으로 십여 장까지 솟구친 진검룡은 기절할 정도로 경악해서 팔다리를 마구 버둥거리며 찢어지는 비명을 내질렀다.

태어나서 이렇게 높은 허공까지 자신의 능력으로 솟구쳐 보기는 처음이라서 더욱 놀랐다.

무심코 아래로 시선을 던진 그는 초막이 손바닥만 하게 보이자 더욱 혼비백산했다.

이 정도 높이에서 추락하면 뼈도 못 추리고 즉사할 것이라는 생각이 들었기 때문이다.

평소에 그가 사는 동네에서 강심장에다가 배짱이 두둑한 것으로 꽤나 알려져 있는 그이지만 이런 상황에서는 심장이 오그라들 수밖에 없다.

이날까지 살아오면서 지금 같은 황당한 상황을 겪어본 적이 없었기 때문이다.

어느덧 몸이 솟구치기를 멈추고 추락하기 시작하자 그는 목젖이 찢어지도록 비명을 질러댔다.

"끄아악!"

도대체 뭐가 어떻게 된 것인지 이 순간 그의 머릿속은 흙탕물처럼 어지러웠다.

어쨌든 간에 한 가지 사실만은 분명하다. 이대로 추락하면 즉사한다는 것이다.

슉…….

그런데 그때 무언가 그를 살포시 잡았다.

아니, 무언가가 아니고 누군가 그를 안았다.

누군가 한 팔로 그의 어깨를 감싸고 손끝이 겨드랑이 아래에 이르렀으며 다른 손은 엉덩이 아래 허벅지를 받쳐 들었는데 그를 너무도 가볍게 다루었다.

"……."

놀라서 옆을 쳐다보던 진검룡은 자신을 안고 있는 사람이 뜻밖에도 여자이며 선녀, 아니, 그보다 천배는 더 아름다운 절세미녀라는 사실에 혼비백산했다.

그래서 두 눈을 휘둥그렇게 뜨고 입에 주먹이 들어갈 정도로 크게 벌린 채 아무 말도 하지 못하고 멀뚱멀뚱 그녀를 바라보기만 했다.

슛…….

진검룡을 안은 여자는 초막 옆의 어느 넓적한 바위 위에 깃털처럼 가볍게 내려섰다.

"으으… 어어……."

진검룡은 여자에게 안긴 채 그녀를 바라보면서 넋 나간 얼굴로 신음 소리만 흘릴 뿐이다.

　지금 같은 상황에서 놀라지 않을 사람은 아마 천하에 한 명도 없을 것이다.

　진검룡은 커다랗게 부릅뜬 눈으로 여자의 얼굴을 빤히 바라보다가 무심코 시선이 그녀의 얼굴 아래로 흘러내렸다.

　그러다가 그는 그녀의 목 아래쪽에 위치한 어떤 부위를 발견했다.

　그러나 너무 놀란 나머지 그것이 여자의 가슴일 것이라는 생각이 추호도 들지 않았다.

　여자는 진검룡이 염치도 없이 자신의 가슴을 눈을 커다랗게 뜨고 빤히 주시하자 움찔 놀라 안고 있는 그를 급히 놔버리고 뒤로 두 걸음 물러섰다.

　쿵!

　"윽!"

　진검룡은 누운 자세로 바위에 떨어졌다. 단단한 바위에 등으로 떨어졌기 때문에 등뼈 전체가 부러지는 듯한 엄청난 고통이 엄습했다.

　"끄으으……."

　여자는 깜짝 놀랐으나 그를 부축하지는 않고 물끄러미 바라보기만 했다.

　진검룡은 자신의 뼈가 몇 군데쯤 부러졌을 것이라고 생각하면서 비틀거리며 일어섰다. 하지만 고통은 금세 사라지고 곧 아무렇지도 않았다.

그는 그 사실이 몹시 이상했지만 지금은 그런 것을 곰곰이 생각할 여유가 없어서 멀뚱한 표정으로 여자 앞에 마주 섰다.

"소… 소저는 누구십니까?"

원래 그는 하층민 사람인 탓에 마주치는 대부분의 사람들이 자신보다 상대적으로 신분이 높아서 자신을 낮추고 상대를 높이는 언행이 습관으로 굳어버렸다.

기억을 잃은 여자는 뭐라고 대답해야 할지 몰라서 그냥 처연한 표정을 지은 채 서 있을 뿐이다.

진검룡은 다시 물으려다가 여자가 한 겹의 얇은 옷만을 입고 있으며, 그나마도 물에 흠뻑 젖어 몸에 찰싹 달라붙어서 입지 않은 것이나 마찬가지라는 사실을 그제야 깨닫고 움찔 놀라서 한 걸음 뒤로 물러섰다.

"아!"

여자는 진검룡의 시선이 한 자루 창이 되어 자신의 몸을 마구 찌르는 것 같은 느낌을 받고 화들짝 놀랐다.

그렇지만 그녀는 발작하지 않고 얼굴을 붉히면서 조용한 목소리로 말했다.

"보지 말아요."

평범한 여자 같으면 질색해서 펄펄 뛰며 난리를 칠 텐데 이 여자의 언행은 매우 기품이 있다.

깜짝 놀란 진검룡은 급히 고개를 숙이다가 자신의 벌거벗은 하체를 발견하고 화들짝 놀랐다.

"아⋯⋯."

그는 자신과 여자의 모습을 번갈아 쳐다보고 나서야 두 사람이 다 나신이라는 사실을 깨달았다.

그는 여자를 쳐다보면 안 된다는 사실을 망각한 채 그녀를 멀뚱히 바라보면서 눈을 껌뻑거렸다.

자신이 옷을 벗고 있는 것은 온천탕에 들어가 있었기 때문인 것 같지만 느닷없이 나타난 의문의 천하절색 여자마저 나신이라는 사실은 좀체 납득이 되지 않았다.

진검룡이 자신의 나신을 정면으로 빤히 응시하자 여자는 보지 말라는 말을 하는 대신에 몸을 살짝 옆으로 틀었다.

진검룡은 눈을 껌뻑거리면서 여자에게서 시선을 거두지 않았다.

그녀를 보면서 음험한 생각을 하는 것이 아니라 시선만 그녀에게 향하고 있을 뿐이지 실상은 골똘하게 생각에 잠겨 있는 것이다.

그러나 아무리 생각을 해봐도 지금 이 상황이 이해 불가라서 결국 그녀에게 한 번 더 물어볼 수밖에 없다.

"소저는 누구십니까?"

여자는 옆으로 돌아선 채 고개를 돌려서 그를 바라보다가 가볍게 한숨을 내쉬었다.

"나도 내가 누군지 모르겠어요."

"……."

第三章

두 개의 수중 동굴

진검룡은 무슨 귀신 씻나락 까먹는 소리를 하느냐는 표정으로 그녀를 쳐다보았다.

"그게 무슨 말입니까?"

여자는 고개를 돌려서 정면의 하늘을 물끄러미 바라보며 한숨을 호로록 내쉬었다.

"하아… 말 그대로예요. 내가 어디에 사는 누구라는 것을 모른다는 말이에요."

"어떻게 그럴 수가 있습니까?"

여자는 고개를 살래살래 가로저었다.

"나도 모르겠어요."

그렇게 말하고 나서 여자는 손을 들어 자신의 뒤통수에 난 혹을 만졌다.

"어쩌면 이것 때문인지도 모르겠군요."

진검룡의 시선이 그녀의 손으로 향했다.

"그게 뭡니까?"

"혹이에요. 어딘가에 심하게 부딪친 것 같아요."

진검룡은 용기를 냈다.

"만져봐도 됩니까?"

여자의 말이 사실인지 아닌지를 확인하고 싶었다.

뜻밖에 여자는 선선히 고개를 끄떡였다.

"그러세요."

그러고는 진검룡 앞으로 바싹 다가와서 머리를 숙여 그가 뒷머리를 쉽게 만질 수 있도록 자세를 취했다.

진검룡이 만져보니까 과연 여자의 뒷머리와 옆머리 중간쯤에 아기 주먹 크기의 커다란 혹이 있었다.

진검룡은 여자의 혹에서 손을 떼고 고개를 갸웃거렸다.

"뒤통수에 혹이 난 것과 소저께서 자신이 누군지 모르는 것이 무슨 연관이 있습니까?"

여자는 그윽한 표정으로 허공을 바라보며 대답했다.

"머리에 강한 충격을 받아서 기억을 잃은 것 같아요."

"아……."

진검룡은 나직한 탄성을 토해냈다.

"그럴 수도 있습니까?"

본디 의술에 탁월한 재주가 있는 여자는 가볍게 고개를 끄떡이고는 새빨간 입술을 나풀거렸다.

"머리, 특히 뒷머리에 강한 충격을 당하면 기억을 관장하는 뇌의 일부분이 충격으로 손상을 입게 되고 그러면 기억을 잃게 되지요."

"흠… 그렇군요."

진검룡은 여자를 바라보면서 고개를 끄떡이다가 그녀의 표정이 매우 슬픈 것을 보고 마음 한편이 짠해졌다.

그녀가 자신이 누군지조차도 모를 정도로 기억을 깡그리 잃었기 때문에 슬퍼하는 것이라는 생각이 들었다.

그러다가 문득 어떤 생각이 들었다.

"그렇다면 뒤통수에 충격을 받은 이후의 일은 기억하고 계십니까?"

여자는 진검룡과 몸의 앞면이 찰싹 들러붙은 채 소의 밑바닥에 가라앉은 상태에서 정신을 차렸었다.

그 일 이후 그와의 몸을 분리하던 과정이 문득 생각나서 얼굴이 살짝 붉어졌다.

진검룡은 여자의 얼굴이 살짝 붉어지면서 부끄러워하는 모습을 보았으나 왜 그러는 것인지는 알 수가 없다.

여자가 온천탕이 있는 방향을 가리켰다.

"나는 저기에서 온 것 같아요."

슛—

그러더니 그녀의 모습이 순식간에 진검룡 앞에서 씻은 듯이 사라졌다.

"엇?"

진검룡은 화들짝 놀랐다. 그는 급히 두리번거리다가 여자가 온천탕 방향으로 까마득히 멀어지고 있는 모습을 발견하고 어안이 벙벙해졌다.

"어떻게 저렇게 빠를 수가 있는 거지?"

얼마나 놀랐는지 그는 순간적으로 여자가 귀신이 아닐까 하는 생각마저 들었다.

귀신이 아니고서는 방금 전까지 눈앞에 있던 사람이 순식간에 이십여 장 밖에서 나타날 리는 없기 때문이다.

그때 진검룡은 여자가 다시 돌아오고 있는 모습을 보았다.

여자는 진검룡이 자신을 따라올 것이라고 예상했었는데 그가 제자리에 가만히 서 있는 것을 뒤돌아보고는 즉시 되돌아온 것이다.

여자가 진검룡 눈앞에서 사라졌다가 이십여 장 밖에 나타난 것이 눈 한 번 깜빡할 정도였다면, 그녀가 다시 되돌아오는 데에도 눈 한 번 깜빡할 정도만 걸렸다.

진검룡은 자신의 세 걸음 앞에 다소곳이 서 있는 여자를 더없이 놀란 얼굴로 쳐다보았다.

그는 여자가 무림고수일 것이라는 데에는 아직 생각이 미치지 못했다.

그 정도의 고수를 한 번도 본 적이 없어서다. 원래 사람의 눈이라는 것은 알고 있는 만큼만 보이는 법이다.

여자는 진검룡 앞에 정면으로 섰지만 아까처럼 심하게 부끄러워하지 않았다.

천하에 나신을 생면부지의 남자에게 송두리째 보이면서도 부끄러워하지 않을 여자가 어디에 있겠는가.

그렇지만 현재의 상황은 조금 애매하다. 여자와 진검룡은 구태여 그런 것을 따질 사이가 아니기도 하고 또한 지금은 그런 것을 논할 계제가 아니기 때문이다.

"무공을 할 줄 모르나요?"

"아……."

여자의 물음에 진검룡은 정신이 들었다.

여자가 다시 물었다.

"나를 따라오지 못하는 건가요?"

문득 진검룡은 여자의 목소리가 무척이나 감미롭고 청아하다는 생각이 들었다. 그래서 그녀가 무엇을 묻고 있는 것인지 알아듣지 못했다.

여자는 진검룡 앞에 나신이나 다름이 없는 모습으로 서 있으면서도 조금 전처럼 견딜 수 없을 정도로 부끄러울 정도는 아니라는 사실에 묘한 기분이 되었다.

그것은 진검룡과 어느 정도 친숙해졌다는 의미이고 그래서 조금쯤 덜 부끄러웠다.

그녀가 과거에 어떤 인생을 살았든지 간에 현재 그녀가 알고 있는 유일한 사람은 바로 진검룡 한 사람뿐이다.

그래서인지 그에게 많이 기대고 의지하고 싶은 마음과 자신의 부끄러움과 비밀스러움을 조금쯤은 그에게 보여줘도 괜찮다는 너그러움이 생긴 듯했다.

진검룡은 잠시가 지난 후에야 고개를 끄떡였다.

"그렇습니다."

그러고는 대답을 조금 정정했다.

"그렇지만 무술은 할 줄 압니다."

여자는 이해하기 어렵다는 표정을 지었다. 잃어버리지 않은 그녀의 기억에 의하면 무술을 할 줄 알면 경공술도 할 수 있기 때문이다.

"그럼 왜 따라오지 않는 건가요?"

"소저께서 갑자기 빨리 가시니까 놀라서 못 따라갔습니다."

여자는 그게 어째서 따라오지 못한 이유가 되는지 이해하기 어렵다는 표정을 잠깐 지었으나 그런 것을 갖고 문제 삼지는 않았다.

"그럼 출발하겠다고 말할게요."

"그러십시오."

진검룡은 머리를 긁적거리며 저자세로 부탁했다.

"그리고 좀 천천히 가십시오."

"알았어요."

여자는 어떤 자세도 취하지 않고 진검룡을 쳐다보았다.

"가도 되나요?"

진검룡은 십오 년 공력을 극한으로 끌어올린 후에 고개를 끄떡였다.

"네."

그녀는 아까부터 진검룡의 얼굴만 볼 뿐이지 시선을 절대 목 아래로 내리지 않았다. 그의 하체를 볼까 봐 사전에 조심하는 것이다.

그녀는 진검룡이 너무 긴장한 모습을 보고 조금 부드러운 표정으로 말했다.

"천천히 갈 테니까 잘 따라오세요."

"알겠습니다."

여자는 마지막으로 진검룡을 한 번 쳐다본 후에 한 발을 앞으로 천천히 내밀었다.

진검룡은 여자가 달리기 시작하면 전력을 다해서 그림자처럼 뒤따를 준비를 하고 그녀의 뒷모습을 뚫어지게 주시했다.

이윽고 그녀가 한쪽 발을 앞으로 내미는 모습을 뒤에서 보자 늘씬한 허리와 하체가 우아하게 물결을 쳤다.

그것을 보면서 진검룡은 자신과 그녀의 현재 모습을 새삼스럽게 깨달았다.

그런데 그때 여자의 모습이 갑자기 작아졌다. 아니, 작아진 것이 아니라 느닷없이 앞으로 스읏! 하고 날아가 버려서 작아진 것처럼 느껴졌다.

"어······."

깜짝 놀란 진검룡은 전력을 다해서 두 다리를 미친 듯이 움직이며 뒤쫓아 갔다.

그는 경공술을 배운 적이 없기 때문에 십오 년 공력을 주입해서 최대한 빨리 달리면 여자를 어느 정도 따라갈 수 있을 것이라고 예상했다.

그런데 그게 아니다. 진검룡이 채 두 걸음을 떼어놓기도 전에 여자는 이십여 장 전방을 쏘아가면서 모습이 주먹만큼 작아지고 있었다.

진검룡의 눈에 그녀의 두 발이 지상에서 두 자쯤 떨어져서 허공을 미끄러지듯이 가고 있는 모습이 들어왔다.

'맙소사······.'

그는 세 걸음째를 떼어놓지 못하고 그 자리에 멈춰서 망연자실한 표정을 지었다.

'설마 무림고수라는 말인가?'

그때 여자가 또다시 돌아와서 진검룡 앞에 멈췄다.

"왜 그러죠?"

그녀는 진검룡이 따라오지 않는 이유가 궁금했다. 자신이 천천히 가면 따라오겠다고 해서 처음에 비해 절반의 속도로 갔는데도 그가 따라오지 않았기 때문이다.

그녀는 얼마 전에 진검룡을 진맥했을 때 그의 체내에서 넘실거리는 거센 기운을 감지했다.

그것이 만천극열수와 지정극한수의 순정기만이 아니라 그의 순수한 공력도 섞여 있다고 여겨서 그가 고수일 것이라고 짐작했다.

진검룡은 조금 전하고는 사뭇 다른 긴장된 표정과 자세로 두 손을 앞에 모았다.

"소저께선 무림고수입니까?"

여자는 잠시 동안 뭔가 생각하는 표정을 짓더니 고개를 끄떡였다.

"그런 것 같아요."

진검룡은 여자가 기억을 잃었기 때문에 자신이 고수인지 아닌지를 정확하게 모르고 있는 것이라고 생각했다.

하지만 그가 보기에 여자는 무림고수가 분명했다. 그는 고개를 숙이면서 정중하게 말했다.

"저는 일개 무사 정도 수준입니다. 그러니까 소저의 경공술을 따라가지 못합니다."

"그런가요?"

여자는 자신의 짐작이 틀렸음을 깨달았다.

그녀는 온천탕 쪽을 쳐다보았다. 이곳에서 온천탕까지는 직선으로 백오십여 장의 거리다.

그녀가 먼저 가고 진검룡이 따로 뒤따라온다면 그녀는 한

참 기다려야 할 것이다.

그녀가 손을 뻗어 진검룡의 팔을 잡았다. 아니, 잡는가 싶더니 갑자기 온천탕 쪽으로 번쩍 신형을 날렸다.

스읏!

"우왓!"

진검룡은 느닷없이 몸이 앞쪽으로 슉! 하고 빨려가는 것 같은 느낌에 비명을 지르면서 몸을 비틀며 팔을 허우적거렸다.

그러다가 손에 무언가 만져지자 무조건 끌어안았다.

"우와앗!"

그러자 여자가 뚝 멈추더니 어느 바위에 내려섰다.

진검룡이 정신을 차리고 보니까 자신이 두 팔로 여자를 뒤에서 죽어라고 힘껏 끌어안고 있었다.

얼마나 세게 안았는지 여자의 가느다란 몸이 그의 품속에서 수수깡처럼 꺾일 것 같았다.

여자가 진검룡의 뒷덜미를 잡았다.

슉!

"아……."

다음 순간 진검룡은 자신의 몸이 빙글빙글 회전하면서 하늘 높이 날아가는 기분이 들었다.

퍼퍽!

"끅……!"

그다음에는 몸이 구겨지듯이 무엇인가와 호되게 충돌하는

것과 동시에 정신을 잃었다.

*　　　　　*　　　　　*

진검룡은 그로부터 이틀이 지난 대낮에 간신히 깨어났다.

"끄응……"

그는 초막 안에 똑바로 누워 있는데 입에서 저절로 진득한 신음 소리가 흘러나왔다.

눈을 뜨고 조금 두리번거리던 그는 옆쪽에 여자가 단정히 무릎을 꿇고 앉아서 자신을 물끄러미 굽어보고 있는 모습을 발견하고 움찔 놀랐다.

"소저……"

여자는 몸을 가리지 않고 두 손을 무릎에 모으고 있다.

그때 문득 진검룡은 자신이 어쩌다가 이런 꼴이 된 것인지 깨달았다.

여자가 온천탕에 가려고 진검룡의 팔을 잡고 쏘아가는데 소스라치게 놀란 그가 여자를 뒤에서 끌어안았다.

그 순간 여자가 진검룡을 집어 던졌고 그는 허공을 빙글빙글 회전하면서 날아가다가 추락하여 어딘가에 호되게 부딪쳤는데 그게 마지막으로 기억하고 있는 것이다.

모르긴 해도 그가 여자를 끌어안았기 때문에 벌을 받은 것이 분명하다.

그렇지만 어디 아픈 곳은 없는 것 같았다.

진검룡은 죄스러운 표정을 지었다.

"미안합니다."

여자는 대꾸하지 않았다.

"얼마나 지났습니까?"

"이틀이에요."

'맙소사……'

여자가 그를 한 번 집어 던졌을 뿐인데 이틀이나 지났다고
하니 기가 막힐 노릇이다.

진검룡은 그녀를 바라보다가 괜히 머쓱해서 시선을 조금
아래로 내렸는데 이번에는 한 쌍의 하얗고 커다란 만두 같은
것이 시야에 가득 들어와서 흠칫 놀랐다.

그는 멍한 얼굴로 눈을 껌뻑거리면서 커다란 만두를 물끄
러미 바라보았다.

보려고 해서 보는 것이 아니라 시선만 거기에 두고 다른 생
각을 하고 있는 중이다.

그는 여자가 손을 가볍게 들어 올리는 것을 발견했는데 그
순간 정신을 잃었다.

파파팍!

"아……"

여자가 지풍을 발출하여 그의 혼혈을 제압한 것이다. 그가
자신의 가슴을 뚫어지게 빤히 주시하고 있는 것을 견디지 못

했기 때문이다.

여자는 눈을 감고 축 늘어져 있는 진검룡을 굽어보면서 씁쓸한 표정을 지었다.

이틀 전에 진검룡이 뒤에서 그녀의 몸을 끌어안는 바람에 반사적으로 그의 뒷덜미를 잡아서 집어 던진 덕분에 그는 이틀 동안 혼절해 있어야만 했었다.

그런데 이틀 만에 겨우 깨어난 그가 무심코 그녀를 보자 그녀는 이번에도 반사적으로 지풍을 쏘아내서 그의 혼혈을 제압해 버렸다.

그렇지만 그것은 진검룡을 탓할 일이 아니다.

나중에 생각해 보니 그때 상황에서 그는 그럴 수밖에 없었다.

그녀가 갑자기 쾌속한 경공을 전개하니까 무공이 일천한 그가 놀라서 그녀를 끌어안았던 것이고, 조금 전에는 그녀의 얼굴을 응시하던 그가 어색함 때문에 시선을 아래로 내린 것이다.

그런데도 여자는 반사적인 반응을 보였다. 만약 그녀의 반응이 좀 더 과해진다면 진검룡이 죽을 수도 있다.

그녀는 혼절한 진검룡을 보면서 미안한 마음이 들었고 그래서 자신이 좀 더 조심해야겠다고 생각했다.

그녀가 씁쓸한 얼굴로 슬쩍 손목을 흔들자 지풍이 발출되었고 진검룡의 턱과 목덜미에 적중되어 혼혈을 풀어주자 그가 부스스 정신을 차렸다.

"음⋯⋯."

진검룡은 나직한 신음을 흘리면서 깨어났다가 여자를 발견하고는 화들짝 놀라서 급히 고개를 돌렸다.

그는 조금 전에 무슨 일이 있었는지 정확하게 모르지만 자신이 여자의 가슴을 쳐다보았기 때문에 거기에 대한 응징을 당한 것이라고 짐작했다.

그는 천성적으로 강골에 강직한 성격이지만 반면에 처세에 능하기도 하다.

그가 살아가고 있는 거리에서는 강골과 강직함을 지니고 있는 사람이 제일 먼저 죽음을 당하기 때문에 처세술을 보완할 수밖에 없기 때문이다.

말하자면 그는 선천적으로 강직한 성품이지만 후천적으로 처세술을 터득한 것이다.

그가 현재 상황으로 봤을 때 자신이 잘못한 일이 크게 없지만 여자에게 밉보이거나 개긴다면 까딱하다가는 목숨을 잃을 수도 있다는 것을 깨달았다.

그렇기 때문에 이제부터는 여자와 같이 있는 한 알아서 기려고 한다.

지난 삼 년 동안의 거리 생활이 일깨워 준 그의 처세술이 바로 이럴 때 필요한 것이다.

그때 여자의 조용한 목소리가 들렸다.

"나를 봐도 괜찮아요."

들으면 저절로 심신이 안정되는 듯한 차분하고 그윽하며 청아한 목소리는 여전하다.

그렇지만 진검룡은 여자를 쳐다보지 않았다. 그 정도 말에 옳다구나 하고 쳐다볼 그가 아니다. 쳐다봤다가 이번에는 제대로 뜨거운 맛을 볼 수도 있다.

거리 생활을 하다가 이와 비슷한 일로 죽을 고비나 뜨거운 맛을 봤던 쓰라린 경험이 한두 번이 아니다.

"미안해요. 다시는 그러지 않을게요."

여자는 이렇게 해서는 두 사람이 대화를 하는 데 진전이 없을 것이라고 판단했다.

또한 어쩌면 앞으로 자신이 진검룡에게 많이 의지해야 할 텐데 이런 식이면 곤란하다고 생각했다.

더구나 그녀가 보기에 진검룡은 음탕하거나 사악한 사람이 아닌 것 같았다.

그가 그녀의 몸을 쳐다보거나 만지는 것은 그럴 수밖에 없는 상황에 처했기 때문이었다.

정확한 이유는 모르겠지만 그녀는 사람을 한 번 보면 그 사람의 성품을 단번에 꿰뚫어 볼 수 있는 심미안(審美眼)이 있는 것 같았다.

여자는 부드러운 목소리로 다시 말했다.

"당신이 나쁜 마음으로 내 몸을 쳐다보는 것이 아니라는 것을 알아요. 지금은 우리 몸을 가릴 수 있을 만한 처지가 아니니까 지금부터는 날, 아니, 내 몸을 봐도 당신을 다치게 하지 않겠어요."

여자가 그렇게 말해도 진검룡은 고개를 돌린 채 요지부동 꼼짝도 하지 않았다.

뜨거운 맛을 두 번이나 봤으면 됐지 더 보고 싶은 생각은 조금도 없다.

여자가 절세미녀에다가 몸매가 천상의 선녀처럼 아름다운 것은 사실이지만 그렇다고 두들겨 맞고, 또 목숨을 담보로 하면서까지 보고 싶은 생각은 추호도 없다.

사람이 잘생기고 못생긴 것은 그저 뼈다귀에 가죽이 어떻게 입혀졌느냐에 달렸을 뿐이라서 사람이 살아가는 데에는 하등의 필요가 없다는 것이 진검룡이 일찌감치 깨달은 세상사의 진리다.

또한 그가 여자의 말을 듣지 않는 것은 절대로 고집스러워서가 아니다.

그가 살고 있는 거리에서 힘깨나 있는 자들 즉, 칼자루를 쥐고 있는 자들이 지금 여자가 하는 것처럼 진검룡 같은 약자들을 약 올리고 어르는 일은 다반사다.

그러다가 자칫 말려들면 손해 보고 피해를 입는 것은 언제나 약자 쪽이었다.

"하아… 이것 보세요. 왜 내 말을 믿지 않는 거죠?"

여자가 호로록 한숨을 내쉬었다. 진검룡에 대해서 전혀 알지 못하는 그녀는 그가 자신의 진심을 알아주지 않는 것 같아서 몹시 안타까웠다.

그렇지만 대화를 진전시켜야만 하기에 할 말을 계속했다.

"이제부터 내가 당신을 안고 온천탕이 있는 곳으로 갈 거예요. 부득이한 신체 접촉이 있겠지만 나는 괜찮으니까 당신은 가만히 있으면 좋겠어요."

그녀는 앞으로 일어날 일까지 세심하게 신경을 쓰고는 두 팔을 뻗어 진검룡을 안고는 일어섰다.

슥―

"앗!"

진검룡은 어깨와 허벅지에 여자의 손길을 느끼는 순간 몸이 허공으로 붕 떠오르자 깜짝 놀랐다.

여자는 진검룡을 안은 채 이미 뚫어진 천장을 통해서 하늘로 솟구쳐 올랐다.

"으아아!"

갑자기 쑥 비상하는 바람에 진검룡은 몸에서 혼이 빠져나가는 듯한 느낌과 머리 위에서 이글거리는 태양의 눈부심을 동시에 느끼고는 냅다 비명을 지르며 허우적거렸다.

그러다가 아무거나 손에 잡히는 대로 덥석 안았다. 두 팔로 여자의 목을 끌어안은 것이다.

온천탕으로 쏘아가던 여자가 흠칫했다. 진검룡이 자신의

목을 끌어안으면서 바싹 다가드는 바람에 두 사람의 한쪽 뺨이 찰싹 붙어버렸기 때문이다.

진검룡은 자신의 뺨을 여자의 뺨에 붙이고 있는데도 그 사실을 전혀 깨닫지 못할 정도로, 지금 상황 때문에 공포에 빠져 있었다.

여자는 진검룡이 눈을 질끈 감고 또 몸이 뻣뻣하게 경직된 것이 두려움 때문이라고 판단했다.

조금 전에 그녀가 한 말도 있고 지금 상황은 어쩔 수 없기 때문에 이 일을 문제 삼지 않았다.

슛—

초막을 출발한 여자는 불과 세 호흡 만에 온천탕에 도착하여 그를 내려주려고 허리를 굽혔다.

그러나 진검룡이 여전히 두 팔로 그녀의 목을 결사적으로 끌어안고 있어서 여의치 않았다.

"다 왔어요. 눈 뜨고 목을 놓아요."

"……."

여자의 말에 진검룡은 가만히 눈을 뜨고 껌뻑거렸다. 그때 우연하게도 그의 시야에 온천탕이 정면으로 들어오자 안도의 한숨을 내쉬었다.

그러고는 자신이 뺨을 여자의 뺨에 붙이고 있는 것과 두 팔로 그녀의 목을 잔뜩 힘주어서 끌어안고 있는 사실을 깨닫고 후다닥 그녀에게서 떨어졌다.

"미… 안합니다……!"

"괜찮아요."

여자는 온천탕 가까이 다가갔다.

"이리 와보세요."

진검룡은 온천탕이 예전 모습을 조금도 찾아볼 수 없을 정도로 파괴된 것을 보고 적잖이 놀랐으며, 동시에 그 당시의 굉장했던 광경이 생생하게 되살아나는 것 같았다.

여자가 온천탕 안쪽의 한 곳을 가리켰다.

"저길 보세요."

진검룡은 그녀 옆에 서서 상체를 앞으로 숙인 채 그녀가 가리킨 곳을 유심히 주시했다.

그곳 온천탕 바닥 맞은편에 비스듬히 하늘을 향해 두 개의 수중 동굴이 시커멓게 뚫려 있는 것이 보였다.

진검룡이 이곳에서 온천욕을 시작한 지 석 달이 지났지만 그동안 저런 수중 동굴은 없었다.

그렇다면 그때 생긴 것이 분명하다. 그가 온천욕을 즐기고 있을 때 느닷없이 뿜어져 나와서 그를 하늘 높이 날려 버렸던 용암보다 더 뜨거운 물줄기가 터진 날 말이다.

여자가 온천탕 속 두 개의 수중 동굴을 가리키면서 차분한 목소리로 말했다.

"나는 저 두 개 중 하나에서 튀어나온 것 같아요."

진검룡은 크게 놀란 얼굴로 수중 동굴과 여자의 얼굴을 번갈아 쳐다보았다.

여자는 그때 상황에 대해서 차분하게 설명했다. 그러나 그녀와 진검룡이 한 몸처럼 붙었다는 말은 하지 않고 두 사람이 소의 밑바닥에 나란히 누워 있었다고 말했다.

두 사람이 붙어 있었던 것이 그다지 중요한 사실이 아니라는 판단에서다.

진검룡은 두 개의 수중 동굴에 시선을 못 박고 중얼거렸다.

"저기에서 굉장히 뜨거운 그 무엇이 뿜어져서 저를 허공으로 날려 버렸습니다."

"만천극열수였어요."

진검룡은 가볍게 놀라는 표정으로 여자를 쳐다보았다.

"그게 뭡니까?"

"용암이라고 생각하면 될 거예요."

여자는 자세한 설명을 피했다. 어차피 자세하게 설명을 해도 진검룡이 알아듣지 못할 것이고, 그러는 것이 지금 필요하지 않다고 판단해서다.

진검룡은 진저리를 쳤다.

"어쩐지 뜨겁더라니… 익어서 죽는 줄 알았습니다."

그는 곧 고개를 갸웃거렸다.

"그런데 그다음에는 무지하게 차가운 물이 저를 덮쳤습니다. 아마 그때쯤 정신을 잃은 것 같습니다."

"그것은 지정극한수였어요."

"지정극한수… 는 뭐죠?"

"얼음물보다 백배 더 차갑다고 보면 될 거예요."

진검룡은 고개를 크게 끄떡였다.

"엄청 차가웠습니다. 오죽하면 제가 거기에 얼어맞고 혼절했겠습니까?"

말은 그렇게 하지만 진검룡으로서는 여자가 조금 전에 말해준 만천극열수와 지정극한수라는 말을 이제껏 한 번도 들어본 적이 없어서 반신반의했다.

第四章

당신이 새 생명을 주었어요

여자가 수중 동굴을 가리켰다.

"나는 저 두 개의 동굴 중 하나에서 나온 것 같아요."

그녀는 희고 긴 손가락을 뻗어 허공과 계류의 소를 이어서 가리키며 반원을 그렸다.

"그러고는 허공을 날아서 저기 소에 떨어진 거였어요."

진검룡은 고개를 끄떡였다.

"그랬군요."

고개를 끄떡이기는 했지만 그로서는 하나에서 열까지 다 이해하지 못하는 것들뿐이다.

어떻게 사람이 온천탕 속의 수중 동굴 그것도 용암이나 얼

음물보다 백배 더 차가운 물이 쏟아져 나온 동굴에서 튀어나
올 수가 있다는 말인가.

진검룡은 여자를 쳐다보았다. 이렇게 아름다운 여자가 더
구나 동천목산 깊은 산중에 느닷없이 나신으로 불쑥 나타나
서 그에게 거짓말을 할 리가 없다.

아무리 곰곰이 생각을 해봐도 여자가 진검룡을 상대로 사
기를 치는 것 같지는 않았다.

설사 그녀가 사기를 친다고 해도 그는 가진 것이 전혀 없으
므로 그녀에겐 아무런 이득이 없을 터이다. 그렇다면 여자의
말을 믿을 수밖에 없다.

여자는 변명도 더 이상의 설명도 하지 않은 채 온천탕 속의
수중 동굴을 뚫어지게 주시하고 있다.

진검룡은 지금 상황도 잊은 채 여자의 천상의 미모에 잠시
정신이 팔려서 물끄러미 바라보았다.

'굉장해. 이 여자는 도무지 인간 같지가 않다…….'

그때 여자가 진검룡을 쳐다보다가 살짝 아미를 찡그렸다.

"앗! 죄송……."

"괜찮아요."

진검룡은 또다시 한 대 얻어터지거나 벌을 받게 될까 봐 급
히 사과하면서 물러나는데 여자가 손을 저으며 흐릿한 미소
를 지었다.

진검룡이 보기에 여자는 변했다. 아까 초막에서 이곳까지

거의 날다시피 올 때에도 공포에 질린 그가 여자의 목을 끌어안았는데도 그녀는 용서했다.

그리고 방금도 진검룡이 그녀를 뚫어지게 주시했는데 괜찮다고 말했다.

조금만 잘못해도 냅다 집어 던지고 혼절시키는 등 벌을 내렸던 여자가 어째서 갑자기 변했는지 모를 일이다.

그러다가 진검룡은 한 가지 사실에 생각이 미쳤다.

'이 여자는 기억을 잃었다.'

기억을 잃었다는 것은 자신의 모든 것을 깡그리 다 잃었다는 뜻이나 다름이 없다.

얼마 전까지 자신의 신분이 뭐였든지 간에 그걸 모르는데 무슨 소용이 있겠는가.

'이 여자는 내 도움이 필요한 것이다. 그래서 내가 잘못을 해도 참고 있는 것이다.'

진검룡은 생각이 거기에 미치자 여자가 생각이 매우 깊은 것에 감탄하고 동시에 그녀가 애처로워졌다.

그는 온천탕 속의 수중 동굴 두 개를 물끄러미 주시하다가 문득 지나가는 말처럼 중얼거렸다.

"저 수중 동굴 안으로 들어갈 수만 있다면 어디에서 왔는지 알 수 있지 않을까?"

여자가 가볍게 놀라는 얼굴로 진검룡을 쳐다보았다.

진검룡은 자신이 무슨 말실수를 했는가 싶어서 찔끔하는

표정을 지었다.

여자가 수중 동굴을 가리키면서 물었다.

"처음에 어디에서 만천극열수가 나왔죠?"

진검룡은 고개를 가로저었다.

"모르겠습니다."

온천탕에 앉아 있다가 별안간 무지막지한 만천극열수에 의해서 날아갔는데 그걸 어떻게 안다는 말인가.

여자는 수중 동굴 두 개를 번갈아서 한동안 쏘아보았다. 자신이 어디에서 나왔는지 가늠하는 것 같았다.

그러다가 진검룡이 잠깐 하품을 하는 사이에 여자가 번쩍 몸을 날리더니 두 팔을 앞으로 쭉 뻗어서 몸을 꼿꼿하고도 길게 만든 자세로 온천탕을 향해 쏘아갔다.

"어……"

여자가 얼마나 빠른지 하품을 하던 진검룡은 눈으로 그녀를 미처 좇지도 못했다.

착!

그는 여자가 왼쪽 수중 동굴 속으로 빨려들고 있는 하체만 겨우 봤을 뿐이다.

"미… 미친 거 아냐?"

그렇게 말했다가 그는 자신이 조금 전에 혼잣말로 중얼거렸던 말의 내용이 무엇인지 퍼뜩 떠올렸다.

수중 동굴 안에 들어가 보면 그녀가 어디에서 왔는지 알 수 있을 것 아니냐고 중얼거렸었다.

여자는 그 말을 듣고 수중 동굴 속으로 들어갔으니 어찌 제정신이라고 할 수 있다는 말인가.

여자는 호흡을 닫고 전속력으로 수중 동굴 속을 전진했다.

그녀는 진검룡의 중얼거림에서 작은 희망을 발견했다.

자신이 수중 동굴을 통해서 이곳까지 온 것이라면 그곳을 통해서 왔던 곳으로 다시 갈 수도 있지 않겠는가.

복잡할 것 없다. 간단한 논리다.

수중 동굴 속에는 바닥에서 천장까지 뜨거운 물이 가득 들어차 있지만 용암처럼 뜨겁지는 않아서 만천극열수가 아닌 것만은 분명했다.

만약 진짜 만천극열수라면 그녀는 이곳에서 일각도 버티지 못하고 죽고 말 것이다.

수중 동굴은 원형이며 지름이 반 장 정도라서 그리 좁지는 않지만 일어선 채 경공을 전개할 정도는 아니다.

그래서 그녀는 상체를 숙여 엎드린 자세에서 공력을 전개하여 쏘아가고 있는 중이다.

그녀는 자신이 호흡을 하지 않고 얼마나 버틸 수 있는지 모르지만 수중 동굴이 끝나는 곳까지는 무난하게 갈 수 있을 것이라고 예상, 아니, 자신했다.

진검룡은 온천탕에서 여자가 나오기를 기다리다가 지쳐서 계류 쪽으로 향했다.

약 반시진 정도를 기다렸는데도 수중 동굴에 들어간 여자는 도로 나오지 않았다.

진검룡의 상식으로는 인간이 펄펄 끓는 뜨거운 온천탕 속에서 숨을 쉬지 않고 반시진을 버틸 수는 없다.

백번 양보해서 여자가 무림고수니까 한 시진은 버틸 수 있다고 치자.

그래서 앞으로 반시진 후에 그가 온천탕에 돌아와서도 그녀가 나오지 않았다면 결론은 두 가지 중에 하나다. 여자가 왔던 곳으로 무사히 돌아갔거나 아니면 죽은 것이다.

진검룡은 긴장이 어느 정도 풀리니까 허기가 져 당장에라도 죽을 지경이라서 뭐라도 먹을 수 있는 것을 찾으려고 계류 가장자리를 어슬렁거렸다.

진검룡은 반시진 동안 계류를 어슬렁거렸지만 먹을 만한 것을 하나도 찾아내지 못했다.

아니, 계류 속에서 헤엄치고 있는 팔뚝만 한 물고기들을 수없이 발견했지만 도무지 잡을 수가 없으므로 그것들은 그림의 떡이나 다름이 없다.

그래서 허기진 배를 움켜잡고 거의 기다시피 다시 온천탕으로 돌아왔다.

여자가 수중 동굴 속으로 빨려 들어간 지 벌써 한 시진이 훨씬 지났는데 아직도 돌아오지 않았다. 수중 동굴은 엉망으로 파괴된 모습 그대로다.

그렇다면 그녀는 왔던 곳으로 갔거나 수중 동굴 안에서 죽은 것이 분명하다.

진검룡은 온천탕 속 수중 동굴을 물끄러미 응시하다가 초막 쪽으로 힘없이 걸음을 옮겼다.

그는 여자에 대해서는 이제 그만 잊기로 했다. 어쩌면 여자라는 존재는 애초부터 없었는지도 모른다. 진검룡이 지나치게 허기가 진 나머지 그저 한바탕 일장춘몽 이상한 꿈을 꾼 것일지도 모르는 일이다.

"우라질……."

이틀 전 밤에 하산하기로 결심했었고 그걸 실행에 옮겼으면 지금쯤 사람들이 사는 세상에서 맛있는 요리를 배가 터지도록 먹고 있을 것이 아니겠는가. 그 생각을 하니까 저절로 욕이 흘러나왔다.

쿠다닥!

"윽……."

걷다가 다리에 힘이 풀린 그는 돌바닥에 나뒹굴었다.

내동댕이치듯이 나뒹굴었기 때문에 온몸에 아프지 않은 곳이 하나도 없다.

일어설 힘조차 없어서 그는 돌바닥에 한참이나 엎어져 있다가 이윽고 힘겹게 몸을 일으켰다.

문득 자기 자신이 너무도 비참하고 한심하기 짝이 없다는 생각이 들었다. 무엇하러 산중에 들어와서 생고생을 하는 것인지 바보도 이런 바보 천치가 없다.

그는 얼마나 힘이 없는지 일어나려고 바닥을 짚은 두 팔이 사시나무 떨듯이 후들거렸다.

"으으으… 빌어먹을……"

그가 비틀거리면서 간신히 일어나고 있을 때 뒤쪽 온천탕에서 무슨 소리가 들렸다.

촤악!

일어서고 있는 진검룡은 무심코 온천탕을 돌아보았다.

"엇?"

온천탕에서 하나의 물체가 허공으로 솟구치는 것을 발견한 그는 깜짝 놀랐다.

그 물체는 한 시진 전에 온천탕 수중 동굴로 들어갔던 여자가 분명했다.

허공으로 튀어 오른 그녀는 온천탕 밖 돌바닥에 모질게 패대기쳐졌다.

픽!

그러고는 잠잠해졌다.

이틀 전 온천탕에 최초로 수중 동굴이 생길 때에는 만천극열수와 지정극한수가 뿜어지는 위력이 엄청나서 진검룡을 계류의 소까지 무려 삼사십 장이나 날려 보냈었는데 지금은 여자를 겨우 온천탕 밖까지만 뱉어내는 것으로 그쳤다.

진검룡은 돌투성이 바닥에 쓰러진 채 움직이지 않고 있는 여자를 멀거니 바라보았다.

'맙소사… 돌아왔다는 말인가?'

그는 자신에게 벌어졌던 일이 한바탕 꿈일지도 모른다고 생각했었는데 여자가 수중 동굴에서 튀어나와 저렇게 쓰러져 있는 광경을 보면 여태까지 벌어진 일이 꿈이 아니라 현실이었다는 뜻이다.

그는 비틀거리면서 여자에게 걸어갔다. 그는 조금 전에 돌바닥에 엎어져서 성치 않은 몸이지만 여자에게 걸어가는 동안에는 아픔을 전혀 느끼지 않았다.

여자는 하늘을 향해 누워서 팔다리를 활짝 벌리고 네 활개를 친 자세로 혼절한 모습이다.

몸이 온통 다 드러냈지만 여자가 그걸 알 리 없고 그녀가 돌아왔다는 사실 때문에 놀란 진검룡도 그런 것이 눈에 들어오지 않았다.

진검룡은 혼절한 여자를 물끄러미 굽어보다가 머리맡에 앉아서 그녀의 어깨를 조심스럽게 흔들었다.

"소저."

여자의 몸이 이리저리 흔들리지만 깨어나지는 않았다.

진검룡은 숨을 쉬는지 확인하려고 그녀의 코에 손을 대보았지만 숨결이 전혀 느껴지지 않았다.

'죽은 건가?'

그는 상체를 펴고 여자를 물끄러미 바라보았다. 물에 흠뻑
젖은 모습이 보는 사람의 넋을 빼앗을 만큼 아름다워서 그녀
가 죽었다는 사실이 실감나지 않았다.

그는 원래 여자에 대해서 관심이 거의 없는 편이지만 이 여
자는 워낙 아름답고 늘씬한 절세미녀라서 이따금씩 그의 시
선을 빼앗았다.

그는 상체를 숙여서 귀를 여자의 가슴에 댔다. 심장 박동
을 확인하려는 것인데 별로 기대하지는 않았다.

여자의 풍만한 가슴이 뺨에 가득 닿자 그는 화들짝 놀라서
급히 뺨을 뗐다.

그러고는 잠시 호흡을 가다듬었다가 다시 뺨을 댔다. 그녀
의 생사를 확인하려면 어쩔 수 없는 일이다.

그는 극도로 경직되어 몸이 단단하게 굳었고 눈을 말똥거
리는 터라서 이 상태로 여자의 호흡을 감지하는 것은 다분히
무리일 것 같았다.

'바… 바보 같은 놈. 정신 차려라……'

그는 스스로를 꾸짖으며 얼굴에 더욱 힘을 주어 여자의 가
슴에 뺨을 깊이 파묻었다. 심장 박동 소리를 감지할 수 없어
서다.

"……"

얼굴에 잔뜩 힘을 주어서 최대한 심장에 가까이 귀를 댄 상태로 잠자코 있는 진검룡의 얼굴빛이 흐려졌다.

심장 박동이 전혀 느껴지지 않기 때문이다. 진검룡이 봤을 때 그녀는 죽은 것이 분명하다.

그는 물에 빠져서 죽은 사람을 많이 봤지만 지금처럼 눈앞에서 가까이 보기는 처음이다.

진검룡은 천천히 고개를 들고 상체를 세운 후에 물끄러미 여자를 굽어보았다.

그는 무공과 공력이 얕기 때문에 진맥으로 여자의 생사를 진단하지 못한다.

그는 물끄러미 여자를 응시하면서 그녀가 얼마 전에 그와 대화를 했던 그 여자라는 사실이, 그리고 사람이 이렇게 쉽게 죽을 수도 있다는 사실이 믿어지지 않았다.

이렇게 죽어버리면 제아무리 아름다운 절세미녀에 무림고 수인들 무슨 소용이 있겠는가.

죽으면 그런 것들은 아무짝에도 쓸모가 없다. 죽어 자빠진 영웅이나 절세미녀보다는 아직도 살아서 숨 쉬고 움직이는 못난 필부나 추녀가 훨씬 낫지 않은가.

그때 문득 진검룡은 어떤 생각이 떠올랐다.

'어쩌면……'

그가 살고 있는 항주에는 셀 수도 없이 많은 강과 하천들, 그리고 운하들이 거미줄처럼 얼기설기 얽혀 있어서 물 때문에 일어나는 사고가 하루에도 수십 건이고 물에 빠져 익사하는 사람이 수십 명을 헤아린다.

당연히 진검룡이 활동하는 거리의 강과 하천 운하에서도 그런 일이 왕왕 일어났었고, 그래서 그는 사람들이 물에 빠진 사람을 어떤 방법으로 구하는지 어깨너머로 자주 목격했었다.

어쩌면 그 방법으로 이 여자를 구할 수 있지 않을까.

*　　　*　　　*

'한번 해볼까?'

그는 눈을 깜빡거리면서 그 당시에 솜씨 좋은 사람들이 익수자를 어떤 방법으로 살려냈는지에 대해서 곰곰이 기억을 더듬어보았다.

그 결과 그들이 어떤 방법으로 익수자를 살려냈는지를 또렷하게 기억해 냈지만 이 여자를 살리는 일은 왠지 자신이 없어서 망설여졌다.

눈앞의 여자는 진검룡이 아까 처음에 발견한 모습 그대로 사지를 늘어뜨린 채 시체처럼 누워 있다.

'지체할수록 살아날 확률이 낮아진다.'

그가 기억해 낸 익수자를 살리는 방법의 첫 번째 사항이 그것이었다.

지금 이렇게 그가 시간을 지체하면 할수록 여자를 살릴 가능성은 점점 더 희박해진다.

이윽고 그는 결심을 하고 여자에게 바싹 다가앉았다.

"해보자."

진검룡은 여자를 세로로 눕게 해서 등을 두드려 입과 목구멍의 물을 토하게 했다.

그다음에는 여자를 똑바로 눕혀놓고 그가 그녀 위에 걸터앉아 두 손바닥을 활짝 펼쳐서 손가락 끝이 서로 맞닿게 한 다음에 그녀의 가슴을 규칙적으로 최대한 세게 압박하면서 누르기 시작했다.

극도로 허기가 져서 뱃가죽이 등짝에 붙은 상태지만 지금 이 순간은 그런 사실을 까맣게 잊어버리고 어디에서 힘이 솟았는지 힘차게 그녀의 가슴을 압박했다.

자꾸만 손이 미끄러졌으며 심장을 압박하는 것이 원활하지 못한 것 같아서 속상했다.

이럴 때는 여자들에게 가슴이 왜 달려 있는 것인지 원망마저 들었다.

"후욱… 후욱… 후욱……."

엉덩이를 들썩이면서 여자의 가슴을 압박할 때마다 그의 입에서 거친 숨소리가 터져 나왔다.

그는 여자의 하체를 깔고 앉았지만 처음부터 그걸 의식하지 못했으며 신경 쓰지도 않았다.

오로지 여자를 살려야 한다는 일념뿐이다. 여자를 살리지 못하면 자기 자신도 죽을 것 같은 기이한 연대감 같은 것이 느껴질 정도였다.

그가 가슴을 힘껏 누를 때마다 여자의 입에서 물이 줄줄 흘러나왔다. 하지만 축 늘어진 채 꼼짝도 하지 않는 것은 변함이 없다.

"허억! 헉헉헉… 얼마나 가슴을 압박하는 거였지……?"

이런 식으로 가슴을 압박해야지만 멈춘 심장이 다시 뛰는 것으로 알고 있다.

그런데 가슴을 압박하는 것을 보긴 했지만 횟수를 정확하게 기억하지 못했다.

"으헉헉! 헉헉… 어쨌든 이 정도면 된 것 같다……."

그는 여자의 가슴에서 두 손을 떼고 엎드리듯이 상체를 잔뜩 굽혀서 다짜고짜 그녀의 입술에 자신의 입술을 덮었다.

그러고는 두 손으로 그녀의 양 뺨을 움켜잡고 안으로 눌러서 강제로 입을 뾰족하게 벌리게 하고는 한껏 숨을 들이켰다가 한순간 힘차게 불어 넣었다.

"후우욱……! 후우욱……!"

사실 여자는 죽은 것이 아니라 현재 귀식대법을 전개하고 있는 중이다.

그녀 스스로 호흡과 심장 박동을 정지시켰으므로 일정한

시간이 흐르면 자연히 숨을 쉬고 심장이 뛰게 될 것이다.

수중 동굴 속으로 들어갔었던 그녀는 지하로 이십여 리 이상 쏘아갔지만 끝이 나올 기색이 없자 되돌아가야겠다는 생각이 들었다.

그렇지만 되돌아오는 것이 그리 만만하지 않았다. 그녀가 귀식대법을 전개하지 않고 호흡을 참을 수 있는 시간은 한 시진이 최대치다.

그런데 지하로 이십여 리를, 그것도 수중의 뜨거운 물을 거슬러 역행하느라 반시진하고도 일각 이상을 허비했다.

그때부터 그녀가 호흡을 참을 수 있는 시간은 최대 삼각(三刻)인데 그 안에 온천탕까지 도달할 가능성이 없다.

그래서 그녀는 온천탕을 오 리쯤 남겨놓은 지점에서 귀식대법을 전개하여 가사 상태에 들어갔다.

단지 호흡을 참는 것이면 깨어 있는 상태이기 때문에 어떻게든지 몸을 움직일 수 있지만, 귀식대법을 전개하면 꼼짝없이 시체나 다름이 없는 상태가 돼버린다.

한 가지 다행스러운 일은 수중 동굴의 온천수가 온천탕 쪽으로 흐르고 있기 때문에 귀식대법 상태인 그녀를 온천탕 밖으로 인도할 것이라는 사실이다.

다만 온천수의 흐름이 워낙 느리기 때문에 언제 온천탕에 당도할지 예측할 수 없어서 귀식대법의 시간을 넉넉하게 한 시진으로 맞춰두었다.

그 말인즉슨 진검룡이 여자를 살리려고 기를 쓰고 안달복달하지 않아도 한 시진이 지나면 그녀가 자연히 깨어날 것이라는 뜻이다.

한 시진이 되자 여자는 귀식대법이 서서히 풀리면서 머리가 마지막 기억을 반추했다.

그녀의 마지막 기억은 수중 동굴 속에서 온천탕을 오 리쯤 남겨놓은 지점에서 멈췄다.

숨이 가빠서 이제는 촌각도 버티지 못할 상황이고 온천탕까지는 아직 멀었다.

그리고 그곳 소의 밑바닥에서 몸의 앞부분이 붙어버렸던 남자의 모습이 기다렸다는 듯이 떠올랐다.

아무것도 기억나지 않는 그녀로서는 지금 같은 상황에 기억나는 사람이 그 남자 하나뿐이고 기댈 수 있는 사람 역시 그가 유일하다.

이름도 모르는 그가 갑자기 애타게 그리워졌다. 그래서 만약 그를 다시 만나게 된다면, 만날 수만 있다면 그에게 아주 잘해야겠다고 마음먹었다.

그렇지만 숨이 너무 가빴다. 이대로라면 그를 만나기도 전에 질식해서 죽을 것만 같았다.

"……!"

그런데 그때 갑자기 숨이 뻥 뚫렸다. 방금 전까지 질식해서 죽을 것만 같았는데 숨이 쉬어지면서 아주 시원하고 청량한 공기가 가슴 속으로 파도처럼 밀려들었다.

'아아… 이제 살았어……'

여자는 자신이 온천탕 밖으로 무사히 빠져나왔으며 귀식대법이 풀리면서 숨을 쉴 수 있게 되었다고 추측했다. 귀식대법이 실패할 리가 없다.

"후우욱…! 후우욱……!"

그런데 그때 이상한 소리가 바로 코앞에서 들렸다.

"……!"

눈을 번쩍 뜬 그녀가 가장 먼저 발견한 것은 괴물 같은 흉측한 모습이다.

너무 놀라서 비명도 지르지 못하고 두 눈만 있는 한껏 부릅뜰 뿐이다.

여자는 그 괴물이 진검룡이라는 사실을 인식하는 데 약간의 시간이 필요했고, 그가 자신에게 숨을 불어 넣고 있다는 사실을 인식하는 데에는 조금 더 오랜 시간이 필요했다.

진검룡은 그녀가 깨어났다는 사실을 모른 채 그녀의 입에서 입을 떼고 이번에는 두 손바닥을 활짝 벌려서 압박을 시작했다.

"허억……! 헉헉헉… 제발 죽지 말라고… 이제 그만 깨어나라는 말이다… 허억……!"

그는 얼굴과 머리카락에서 굵은 땀방울을 뚝뚝 흘리면서

가슴압박을 하며 절규하듯이 중얼거렸다.

진검룡을 바라보는 여자의 두 눈에 눈물이 가득 고였다.

한 시진이 지나 귀식대법이 풀려서 살아난 것이지만 그녀는 진검룡의 저 절실함이 자신을 살렸다고 생각했다. 아니, 믿고 싶었다.

그녀의 바람대로 그녀는 무사히 온천탕 밖에 도착했다. 그러고는 귀식대법으로 호흡과 심장 박동이 멈춘 그녀를 발견한 진검룡이 그녀가 죽었다고 판단하여 지금 그녀를 살리려고 발버둥 치고 있는 것이다.

기억을 깡그리 잃은 그녀로서는 세상천지에 믿을 사람이 진검룡 하나뿐인데 이런 극적인 상황에 처하고 보니까 그녀는 감격이 복받쳐서 눈물이 왈칵 쏟아졌다.

진검룡은 그녀가 깨어났다는 사실을 꿈에도 모른 채 가슴압박을 멈추고 다시 그녀의 입에 자신의 입을 덮고는 결사적으로 공기를 불어 넣어 주었다.

여자는 입을 통해서 목구멍 안으로 깊숙이 파고드는 공기를 한껏 들이마시면서 감동이 몇 배로 증폭되었다.

진검룡은 다시 가슴압박을 하면서 헐떡거렸다.

"으헉헉……! 이봐… 당신이 누군지 모르지만… 이렇게 죽는 것은 너무 억울하잖아… 그러니까 죽지 말라는 말이야… 어서 깨어나라고… 헉헉헉……."

힘차게 가슴을 압박하느라 그의 엉덩이가 들썩거리면서 마치 말을 타고 전력으로 질주하는 것 같았다.

다시 여자에게 입맞춤을 하려던 그는 그녀가 눈을 뜨고 있으며 눈물을 흘리는 모습을 발견했다.

"아……."

그는 두 손으로 여자의 양 뺨을 잡은 그대로 멈추고는 더없이 기쁜 표정을 지었다.

"아아… 살아났군요……."

그는 자신의 헌신적인 노력으로 여자를 살린 것이라고 철석같이 믿었다.

"다행입니다… 정말 다행입니다……."

진검룡은 잡았던 그녀의 양 뺨을 놓고 흐느적거리듯이 상체를 일으키며 감격에 찬 목소리로 중얼거렸다.

슥―

여자가 천천히 상체를 일으켜 앉았다. 두 다리를 뻗고 있는 그녀의 하체에 진검룡이 앉아 있지만 두 사람 다 그런 것을 개의치 않았다. 여자는 말없이 진검룡의 가슴에 안겼다.

"고마워요."

다른 때 같으면 뒤집어질 정도로 놀랄 진검룡이지만 지금은 왠지 이러는 것이 자연스럽게 여겨졌다.

그는 여자를 포근하게 안고 손바닥으로 부드럽게 등을 쓰다듬어 주었다.

"잘 돌아왔습니다."

진검룡 자신이 생각해도 참 멋진 말인 것 같았다. 그가 이런 절세미녀를 살리고 이런 멋진 말을 하게 되다니 세상은 오래 살고 볼 일이다.

그는 가슴이 축축한 것을 느끼고 여자가 감격에 겨워서 울고 있는 것이라는 생각이 들어서 흐뭇했다.

'내가 이 여자를 살린 거야. 정말 잘했어.'

그러나 거기까지다. 긴장이 풀린 진검룡은 스르르 옆으로 쓰러졌다.

턱!

여자가 깜짝 놀라서 급히 그를 안아 일으켰다.

"왜 그래요? 어디 아픈가요?"

그녀는 자신을 살리려고 혼신의 힘을 쏟는 바람에 진검룡이 탈진한 것이라고 생각했다.

여자의 품에 안겨서 진검룡은 다 죽어가는 표정으로 힘없이 중얼거렸다.

"으으… 배가 고파서 죽을 것 같습니다……."

"배가 고픈 건가요?"

"으으으… 저는 열흘 이상 아무것도 먹지 못했습니다……."

여자는 진검룡의 얼굴을 가슴에 포근히 안았다.

"당신은 내게 새 생명을 주었어요. 그러니 나는 당신을 절대로 죽게 내버려 두지 않겠어요."

여자가 먹을 것을 어떻게 구할 수 있는지 묻자 진검룡은 계류에 커다란 물고기가 득실거린다고 가르쳐 주었다.

그러면서 자신은 도저히 물고기를 잡을 재주가 없다는 말을 덧붙였다. 그래서 여자는 진검룡을 안고 계류로 갔다.

그녀는 진검룡을 계류 가의 넓적한 바위에 편안하게 앉혀주고는 서슴없이 계류로 걸어 들어갔다.

이름도 모르는 나신의 여자와 꽤 오랜 시간 같이 지냈고 또 지금은 무지하게 배가 고파서 정신이 하나도 없는 상태인데도 진검룡은 계류 속으로 걸어 들어가는 여자의 뒤태가 천하의 그 어느 것하고도 감히 비교할 수 없을 만큼 아름답다는 생각이 들었다.

길고 늘씬한 두 다리와 그 위에 살포시 얹혀 있는 크지도 작지도 않은 아담한 엉덩이가 걸을 때마다 묘하게 씰룩거리는 모습이 가슴을 두근거리게 만들었다.

대상이 여자든 무엇이든 무언가를 보면서 아름답다고 생각하기는 지금이 처음인 것 같았다.

그러나 다음 순간 진검룡의 그런 마음을 순식간에 얼어붙게 만드는 일이 벌어졌다.

허벅지 깊이까지 계류에 들어간 여자가 물속을 향해 슬쩍 손가락을 튕기자 한 줄기 지풍이 뿜어진 것이다.

피잉!

날카롭고도 청명한 음향이 터지면서 한 줄기 푸르스름한

빛 줄기가 계류 속으로 파고들었다.

그러더니 곧 팔뚝 크기의 커다란 물고기 한 마리가 허연 배를 내보이며 수면으로 둥실 떠올랐다.

진검룡은 눈을 크게 뜨고 입도 커다랗게 벌린 채 경악했다. 지풍이라는 것을 생전 처음 구경했기 때문에 그게 뭔지 몰랐다.

'설마… 지풍이라는 말인가… 아아……'

무림의 절정고수들이 손가락 끝으로 공력을 뿜어낸다는 말을 들은 적이 있었다.

진검룡이 살고 있는 항주의 거리에는 그보다 무술이 고강한 자들이 수두룩하고 그들 중에는 고수라고 불릴 만한 인물이 더러 있지만 지풍을 전개하는 자는 한 명도 없었다.

있다면 진검룡이 모를 리가 없다. 항주에서는 가장 빠른 말이 '소문'이라는 이름의 말이니까 말이다.

피잉! 핑!

그때 여자가 연달아 지풍 두 개를 쏘아냈고 어김없이 팔뚝만 한 물고기 두 마리가 수면으로 둥실 떠올랐다.

여자의 일거수일투족을 놓치지 않고 주시하는 진검룡의 벌어진 입에서 경악스러운 중얼거림이 흘러나왔다.

"엄청나다……"

여자가 열 마리도 넘는 커다란 물고기를 잡는 데 채 일각도 걸리지 않았다.

진검룡은 초막에서 화섭자(火攝子)를 갖고 나와서 익숙한 솜씨로 모닥불을 피우고 미리 손을 봐둔 물고기들을 나뭇가지에 꿰서 굽기 시작했다.

이제 잠시 후면 맛있는 물고기 구이를 먹는다는 생각을 하니까 신바람이 났다.

여자는 물고기를 잡는 것까지만 했을 뿐 나머지는 다 진검룡이 했다.

할 줄 알면 그녀가 하겠지만 지금 그녀가 보고 있는 것들은 죄다 처음 보는 광경이다.

진검룡이 물고기들의 배를 따고 모닥불을 피워서 나뭇가지에 꿴 물고기들을 불 위에 얹어서 굽는 것들은 여자로서는 신기한 광경이었다.

커다란 물고기 열 마리가 익어가는 구수한 냄새가 진검룡의 입에서 침이 흘러나오게 만들었다.

이윽고 물고기가 적당하게 익자 그는 한 마리를 여자에게 내밀었다.

"자, 드십시오."

그는 물고기가 익어가는 냄새에 거의 이성을 상실할 정도이면서도 여자 먼저 챙겼다.

"먼저 드세요."

"아닙니다. 소저께서 먼저 드시는 걸 보고 먹겠습니다."

저잣거리에서 성장한 진검룡은 원래 이렇게 예의를 차리는 사람이 아니었으나 여자에게는 그래야 할 것 같았다.

그녀의 몸에 배어 있는 기품은 진검룡으로서는 처음 보는 고결한 것이므로 그녀가 매우 귀한 가문의 신분일 것이라는 생각이 들었다. 여자는 자신이 먼저 먹어야지만 진검룡이 먹겠다는 말을 듣고서야 물고기를 받아 입으로 가져갔다.

진검룡은 자신이 했던 말대로 여자가 먹는 것을 보고서야 잘 익은 물고기 한 마리를 두 손으로 잡고 허겁지겁 게걸스럽게 먹기 시작했다.

"앗, 뜨거… 후우우……."

여자는 진검룡이 워낙 게걸스럽게 먹어대니까 처음에는 조금 놀란 표정이더니 곧 손으로 입을 가리고 풋! 하고 웃었다.

진검룡은 고기 부스러기와 검댕을 입가에 잔뜩 묻히고는 여자를 보며 겸연쩍게 웃었다.

여자는 물고기를 몇 입 먹고 나서 눈을 빛내며 물었다.

"맛있군요. 이게 무슨 물고기인가요?"

"혼어(鮌魚: 산천어)입니다. 깊은 산 계류에서 흔하게 볼 수 있는데 원래 맛있습니다."

"그렇군요."

第五章

돌아온 항주(杭州)

여자는 진검룡이 물고기 여덟 마리를 먹어 치우고서야 볼록해진 배를 쓰다듬는 모습을 보고 말문을 열었다.

"당신은 이곳 산중에서 사나요?"

여자는 그게 궁금하지는 않았다. 진검룡이 어디에서 살든 같이 살면 될 테니까 말이다.

"아닙니다. 항주에서 살고 있습니다."

"아… 항주."

"항주를 아십니까?"

여자는 눈을 깜빡거리면서 생각하는 듯하다가 고개를 살래살래 가로저었다.

"몰라요. 처음 들어보는군요."

진검룡은 여자가 기억을 잃었다고 말했던 것을 떠올렸다.

"저는 이곳에 무술을 연마하러 입산했었는데 내일 항주로 돌아갈 계획입니다."

"네."

여자는 말을 아끼면서 진검룡의 다음 말을 기다렸다.

"소저께선 어떻게 하실 겁니까?"

진검룡의 물음에 여자는 머뭇거리며 대답했다.

"당신을 따라가면 안 될까요?"

선택은 외길이다. 여자로선 그 방법밖에 없다.

그는 잠시 생각하고 나서 대답했다.

"저야 괜찮지만 집이 누추해서 귀하신 소저께서 지내시기가 불편할 겁니다."

여자는 손을 저었다.

"나는 아무것도 기억나지 않으니까 귀하게 살았는지 어쨌는지 몰라요. 그러니까 그런 것은 개의치 않아요. 그냥 나를 버리지만 마세요."

진검룡은 그녀가 기억을 잃기 전에 '나를 버리지만 말아달라'는 식의 말을 해본 적이 없을 것이라는 생각이 들었다.

진검룡은 고개를 끄떡였다.

"그럼 저하고 같이 가시죠."

여자는 살포시 고개를 숙였다.

"고마워요."

호들갑스럽지도 않고, 그렇다고 무조건 도도하지도 않은 여자의 언행은 참 격조 높게 보였다.

진검룡은 책상다리를 하고 앉은 여자를 쳐다보다가 무심코 시선이 아래로 향했다.

여자는 그의 시선을 느끼고 다리를 모으며 부끄러워했지만 예전처럼 진검룡을 때리거나 벌을 가하지는 않았다. 아니, 그런 생각조차 품지 않았다.

하긴 이즈음의 그녀는 진검룡이 조금도 남처럼 여겨지지 않았다. 어쩌면 그에게서 어떤 운명 같은 것을 흐릿하게나마 느끼고 있는지도 몰랐다.

최초에 그녀가 정신을 차렸을 때 그녀와 진검룡은 몸의 앞부분이 한 몸처럼 찰싹 달라붙어 있어서 인연의 시작이 꽤나 해괴했었다.

한나절 동안 두 사람은 지지고 볶으면서 한 뼘 정도 친근해졌는데 무엇보다도 결정적인 일은 여자가 수중 동굴에 들어갔다가 나온 이후에 벌어졌다.

널브러진 여자 위에 올라타고 귀식대법 전개 중인 그녀를 살린답시고 가슴을 압박하고 입에 공기를 불어 넣으면서 씩씩거린 것보다 두 사람을 더 끈끈하게 동여맨 일은 없을 터이다.

진검룡은 여자가 다리를 모으면서 얼굴을 붉히는 모습을

보면서 얼른 외면을 했지만 기분이 묘해졌다.

몇 시진 전까지만 해도 그가 슬쩍 쳐다보는 것만으로 그녀에게 얻어터지거나 벌을 받았기 때문이다.

두 사람의 대화는 거기에서 끊어졌다. 여자가 기억을 잃은 탓에 대화할 소재가 궁핍하기 때문이다.

"소저."

문득 진검룡이 부르자 여자가 손을 저었다.

"저를 그렇게 부르지 말아요."

"그럼 뭐라고 부릅니까?"

그렇게 말해놓고서 진검룡은 여자가 기억을 잃었다는 사실을 새삼스럽게 떠올렸다.

기억을 잃은 여자에게 뭐라고 부르냐고 묻는 것은 이치에 맞지 않는다.

여자는 잠시 생각하다가 말했다.

"당신이 내 이름을 지어주세요."

진검룡은 적잖이 당황했다.

"소저, 저는 워낙 학문이 짧기 때문에 이름을 짓는 것은 무리입니다."

이름을 짓는 작명(作名)은 어느 정도 학식이 있어야 가능하므로 진검룡의 말이 맞다.

그렇다고 해서 여자는 자신의 이름을 자신이 짓고 그렇게 불러달라고 할 만큼 뻔뻔한 염치가 아니다.

"아무거나 생각나는 것이 없나요?"

눈알을 이리저리 굴리던 진검룡이 중얼거렸다.

"민수림(閔秀琳)……."

"그게 뭐죠?"

진검룡은 머리를 긁적였다.

"어릴 때 돌아가신 어머니 이름입니다."

"예쁜 이름이군요."

"어렸을 때 돌아가셨는데 얼굴도 기억나지 않습니다."

다섯 살 때 돌아가신 어머니 이름이 갑자기 떠오르다니 진검룡 자신도 놀랐다.

그런데 여자가 살짝 미소를 지었다.

"괜찮은 이름인데 내가 써도 될까요?"

진검룡은 조금 어이없는 표정을 지었다.

"민수림 말입니까?"

"네."

"그건 어머니 이름입니다."

"내게 주면 내 이름이 되겠죠."

"그야 그렇지만……."

"이제부터 날 민수림이라고 부르세요. 그게 소저라고 부르는 것보다 나을 거예요."

"그러겠습니다."

자신의 이름이 해결되자 여자, 아니, 민수림은 다음 화제로 이어갔다.

"당신 이름은 뭐죠?"

"진검룡입니다."

"몇 살인가요?"

"스무 살입니다. 소저는……."

진검룡은 얼른 말을 바꾸었다.

"민수림께선 몇 살입니까?"

민수림은 씁쓸한 표정을 지었다.

"모르겠어요."

"아… 그렇군요."

기억을 잃은 그녀가 자신의 나이를 알고 있을 리가 없다.

산속의 밤은 매우 춥기 때문에 진검룡은 초막 옆에 피운 모닥불 근처에서 자기로 했다.

활활 타오르는 모닥불에서 두 걸음쯤 떨어진 곳에 진검룡과 민수림은 머리를 마주하고 모닥불 쪽을 향해 웅크린 자세로 잠이 들었다.

아무리 활활 기세 좋게 타오른다고 해도 모닥불의 기세는 시간이 흐르면 꺾이게 마련이다.

"으으……."

모닥불이 꺼져가자 실오라기 한 올 걸치지 않은 알몸의 진검룡은 추위 때문에 몸을 떨면서 신음 소리를 냈지만 잠에 취한 탓에 일어나서 모닥불에 나무를 넣지는 않았다.

그런데 민수림이 부스스 일어나더니 숲으로 가 마른 나뭇가지를 한 아름 안고 와서 모닥불에 얹었다.

그러자 잠시 후에 모닥불이 다시 기세 좋게 활활 타오르기 시작하고 진검룡은 추위에 떨지 않게 되었다.

"으으… 추워……."

두 번째로 모닥불이 꺼져서 진검룡이 또다시 신음 소리를 냈을 때에는 민수림도 깊은 잠에 빠져 있었다.

민수림은 잠결에 진검룡의 신음 소리를 들었으나 일어나서 마른나무를 주우러 가기가 조금 귀찮아졌다.

동이 틀 때까지 몇 번이나 계속 나무를 주우러 가야 한다는 사실 때문일 것이다.

그녀는 몸을 일으켜서 잠시 진검룡을 물끄러미 바라보다가 그의 앞쪽에 마주 보고 누워서 가만히 그를 품에 안았다.

추위에 몸을 떨던 진검룡은 잠결인데도 민수림 품속으로 파고들었다.

"흐으으……."

민수림은 그를 품에 안고 진기를 일으켜서 몸을 따뜻하게 데웠다.

그녀의 몸이 점점 따뜻해지자 진검룡은 자꾸만 깊게 그녀의 품속으로 파고들었다.

진검룡은 아침에 눈을 뜨고는 크게 놀랐다. 자신이 민수림 품에 안겨 있으며 그녀에게 얼굴을 묻고 있는 사실을 깨달았기 때문이다.

그가 조금 꿈틀거리자 이미 깨어 있던 민수림이 작은 목소리로 중얼거렸다.

"깼어요?"

"아… 네."

진검룡은 화들짝 놀라서 벌떡 일어나 앉았다.

민수림도 일어나 앉으면서 수줍은 표정을 지었다.

"당신이 너무 추워해서……."

"아……."

그제야 그는 자신이 어째서 민수림에게 안겨서 자고 있었는지 깨달았다.

뿐만 아니라 그녀가 먼저 깨었지만 그가 좀 더 잘 수 있도록 안고 있었다는 사실도 더불어서 알게 되었다.

두 사람이 처음 만났을 때에는 절대로 말도 되지 않는 일들이 이제는 자연스럽게 이루어지고 있다.

모닥불은 오래전에 꺼져서 이미 차가워졌다. 만약 민수림이 안아주지 않았다면 그는 추워서 떠느라 거의 잠을 자지 못했을 것이다.

진검룡은 그녀에게 고개를 숙였다.

"고맙습니다."

"개의치 말아요."

민수림은 손을 젓고 나서 물었다.

"우리는 언제 출발하나요?"

진검룡은 해를 보고 지금이 아침 진시(辰時: 8시경)쯤 됐을 것이라고 짐작했다.

"요기를 하고 나서 출발하죠."

그는 아침 요깃거리로 민수림이 또 계류에서 물고기를 잡아주기를 원했다.

"무엇을 먹을 건가요?"

그런데 민수림이 그렇게 묻자 진검룡은 물고기를 먹으려던 생각이 바뀌었다.

"산짐승을 잡을 수 있습니까?"

민수림은 고개를 끄떡였다.

"가능할 거예요. 잡아 올까요?"

진검룡은 벌써부터 입안에 침이 고여서 두 손을 모아 쥐고 위아래로 흔들었다.

"부탁합니다."

·

민수림은 산속으로 들어간 지 일각 만에 돌아왔다.

"돌아왔어요!"

온천탕 근처에서 자신이 벗어두었던 옷을 찾고 있던 진검룡은 그녀의 외침에 깜짝 놀라서 쳐다보았다.

그러고는 그녀가 손에 쥐고 있는 커다란 사슴을 들어 올리는 모습을 보면서 혼비백산하고 말았다.

"우앗!"

설마 일각 만에 사슴을 잡아 올 것이라고는 조금도 기대하지 않았었다.

그가 놀라자 민수림은 쥐고 있는 사슴의 목을 조금 더 높이 들어 보이며 염려스러운 표정을 지었다.

"못 먹나요?"

진검룡은 고개가 부러질 듯 세차게 가로저었다.

"절대로 아닙니다!"

"끄어억!"

진검룡의 입에서 트림이 거침없이 쏟아져 나왔다.

사슴 고기를 불에 구워서 배가 터지도록 먹었더니 쉴 새 없이 트림이 나왔다.

난생처음 해보는 것일 텐데도 민수림은 진검룡이 시키는 대로 커다란 사슴 한 마리를 뼈는 뼈대로, 살은 살대로 솜씨 좋게 해체했다.

칼이 없지만 민수림에겐 별문제가 되지 않았다. 그녀는 결이 날카롭게 갈라지는 편마암을 떼어내서 몇 번 다듬더니 곧 근사한 석검을 만들어서 그것으로 사슴의 가죽과 뼈, 살코기를 따로 해체했다.

불룩한 배를 쓰다듬으며 연신 트림을 해대는 진검룡은 한쪽에 수북하게 쌓인 사슴 고기를 쳐다보았다.

"아깝네."

그와 민수림이 배부르게 먹었는데도 사슴 고기의 십분지 일도 채 먹지 못했다.

"갖고 갈까요?"

그의 말에 민수림이 태연하게 말했다.

진검룡은 고개를 가로저었다.

"갖고 가면 좋지만 갈 길이 멀어서 짐이 될 겁니다."

"먹으려는 건가요?"

"아니, 사람들이 사는 곳에 도착하면 사슴 고기를 팔아서 옷을 사 입으면 좋을 겁니다."

그는 아까 온천탕 근처에 벗어두었던 옷을 찾아내기는 했지만 어젯밤 온천탕의 그 난리 때문에 갈가리 찢어져서 헝겊 조각이 돼버렸다.

"좋은 생각이에요."

진검룡 의견에 민수림이 찬성했다.

진검룡은 헝겊 쪼가리 중에서 그나마 가장 큰 것을 펼쳐서 민수림에게 입혔다.

사람들이 사는 세상에서는 거지조차도 입지 않을 헝겊 쪼가리지만 그래도 벌거벗은 것보다는 나았다.

진검룡은 그보다 훨씬 작은 헝겊 조각 몇 개를 풀로 이어
붙여서 자신의 하체를 가렸다.

"항주까지는 얼마나 걸리나요?"

"사흘쯤 걸릴 겁니다."

"내가 당신을 안고서도 사흘이나 걸리나요?"

그는 그녀를 멀뚱하게 쳐다보다가 고개를 가로저었다.

"아닙니다. 그러면 하루면 충분할 겁니다."

                    *   *   *

진검룡이 틀렸다.

두 사람은 동천목산을 출발하여 항주까지 오는 데 불과 반
나절밖에 걸리지 않았다.

동천목산에서 항주까지 칠십여 리를 진검룡을 안은 상태에
서 반나절 만에 주파하다니, 민수림은 진검룡이 예상했던 것
보다 더 고절한 절정고수인 것 같았다.

민수림은 사슴 가죽으로 싼 커다란 사슴 고기 덩어리와 진
검룡을 양쪽에 안고서도 동천목산을 벗어나 첫 번째 마을까
지 반시진밖에 걸리지 않았다.

진검룡은 첫 번째 마을에서 갖고 간 사슴 고기를 팔아서
구리돈 백 냥을 챙겼다.

은자 한 냥에 구리돈 삼십 냥이니까 은자 석 냥하고 구리

돈 열 냥을 번 셈이다.

은자 한 냥으로 두 사람 옷 두 벌을 사서 입고는 마을의 주루에서 간단한 요기를 한 후에 출발하여 항주에는 해가 지기 전에 도착했다.

항주에 들어서기 전에 진검룡은 민수림에게 당부했다.

"무슨 일이 있어도 민수림께서는 절대로 전면에 나서면 안 됩니다."

"알겠어요."

진검룡이 사는 곳은 상량천(爽凉川) 서쪽이며 항주성 전체로 봤을 때 중하급의 상점들이 영업을 하는 상가 거리다.

항주에는 수십의 하천들이 흐르지만 그중에서도 가장 큰 네 개의 강 중 하나가 상량천이다.

항주성 내를 동서남북으로 얽혀서 흐르는 모든 강과 하천들이 그렇듯이 상량천도 정비가 잘되어 있어서 강의 수면에서 다섯 자 높이로 강 양쪽에 축대가 놓여 있고 그 위가 거리이며 사람들이 생활하는 터전이다.

상량천 중류에 해당하는 이곳 용정교(龍井橋) 주변 서쪽을 용정서가(龍井西街)라고 하며 거리의 길이는 팔십여 장이고 폭은 거리를 포함하여 십삼 장이다.

용정서가로 들어선 진검룡의 걸음이 점점 더 빨라지더니 나중에는 달리기가 되었다.

동천목산 깊은 산중에 초막을 짓고 살면서 검법 수련을 할 때에는 항주에 두고 온 사제와 사매, 그리고 사모님이 이따금 생각이 났다.

그런데 막상 항주 성내로 들어서자 그들이 어찌 되었는지 궁금하고 걱정이 돼서 천천히 걸을 수가 없었다.

민수림은 허름한 옷을 입고 있지만 워낙 미모가 절색인 탓에 지나는 사람들이 그녀를 보면 목이 부러지는 줄도 모르고 시선을 떼지 못했다.

진검룡도 준수한 편에 속하지만 절세미녀인 민수림에 비할 바가 못 된다.

이윽고 용정서가 한가운데로 들어서자 거리를 오가는 행인들과 장사를 하는 사람들이 하나같이 진검룡에게 알은척을 하며 인사를 건넸다.

하지만 한시바삐 사제와 사매를 만나고 싶어서 구르듯이 달리고 있는 그는 건성으로 대거리를 했다.

항주를 떠날 때는 몰랐었는데 석 달이 지난 지금에 와서 생각해 보니까 그가 사제와 사매, 사모님을 그렇게 오랫동안 떠나 있었던 것은 미친 짓이나 다름이 없었다.

그가 떠나오기 전에 몇 달 치 식량을 넉넉하게 마련해 두었다고는 하지만 사제나 사매 둘 다 어린 데다 집에는 병환 중인 사모(師母)님까지 계시다.

물론 진검룡이 항주에 계속 있었다면 하루 종일 눈코 뜰 새 없이 바쁜 터라서 검법 수련은커녕 검을 손에 쥐어볼 겨를조차도 없다.

그러니까 큰맘 먹고 불쑥 떠나지 않는 한 검법 수련은 죽을 때까지 단 하루도 마음 놓고 하지 못하는 처지였다.

그렇지만 그는 동천목산에 입산한 이후 배고픔 때문에 단 하루도 편할 날이 없었다.

그런 말도 안 되는 열악한 상황에 검법 수련은 무슨 얼어 죽을 검법 수련이라는 말인가.

여태껏 걸핏하면 항주성 여기저기에서 이놈 저놈에게 걷어차이거나 얻어맞고 다녔었는데 그깟 검법 수련 몇 달 더 한다고 달라질 게 있겠는가.

'젠장! 떠나는 게 아니었다……!'

석 달 전에 사매와 사제, 병환 중인 사모님까지 떠나지 말라고 그렇게 말렸는데도 어째서 그때는 이런 생각을 못 했는지 천하에 이런 아둔패기가 또 없을 것이다.

그때 전면을 주시하며 달리던 진검룡의 걸음이 뚝 멈췄다.

잔뜩 힘이 들어간 그의 시선은 전면의 대로 한복판을 의기양양하게 활개 치면서 걸어오고 있는 십여 명의 무사들에게 고정되었다.

원수는 외나무다리에서 만나는 것이 아니라 이런 대로상에서, 그것도 똥줄이 타도록 다급한 와중에 마주치는 것이다.

마주 오고 있는 십여 명의 무사들은 진검룡의 원수 집단인 비응보(飛鷹堡)의 졸개들이다.

삼 년 전까지만 해도 진검룡의 사문인 청풍원(靑風院)은 이
곳 용정서가에서 제법 잘나가는 무도관이었다.

물론 청풍원을 비응보에 비할 수는 없다.

비응보는 항주의 중간급 다섯 개 방파와 문파에 속할 정도
로 세력이 탄탄하다. 거기에 비하면 청풍원은 조족지혈이었
다.

청풍원의 세력권은 용정서가에 국한되지만 비응보는 용정
서가를 포함한 여섯 개 거리를 지배하고 있다.

하루가 다르게 세력을 넓혀 나가던 비응보에게 청풍원은 군
침이 도는 사냥감이었다.

비응보는 진검룡의 사부인 청풍원주 장도명(張導明)에게 말
도 되지 않는 무리한 요구를 했고, 그걸 들어주지 못하는 청
풍원을 가차 없이 짓밟아 버렸다.

그 과정에 장도명이 죽었고 청풍원이 비응보 수중에 넘어갔
으며 진검룡을 비롯한 사모님과 사제, 사매는 거리로 내쫓기
고 말았다.

민수림은 달리다가 갑자기 멈추고 전방을 노려보고 있는 진
검룡과 전방의 무사들을 번갈아 쳐다보았다.

하지만 어째서 진검룡이 갑자기 이런 행동을 하는지 그녀
로서는 짐작할 수가 없다.

거리를 오가는 행인들은 아랑곳하지 않고 활개 치면서 다

가오고 있는 비응보 무사들은 열 명인데, 모두 청의를 입었으며 옷의 가슴과 등에 날아가는 매의 형상 즉, 비응이 생생하게 수놓아져 있다.

그것은 그들이 비응보의 최하급 무사라는 뜻이고 그들 중에 양쪽 어깨에 작은 비응이 수놓인 자가 그들의 조장(組長)이라는 뜻이다.

그들 비응보 무사들은 거리 한복판을 무리 지어서 걸어오고 있으며 진검룡은 거리 가장자리에 서 있으므로 그가 눈에 띄는 행동만 하지 않는다면 저들하고의 충돌 같은 것은 일어나지 않을 터이다.

하지만 지금처럼 진검룡이 원한이 가득 서린 표정으로 그들을 계속 노려보고 있다면 어떻게 될지 모른다. 아마 저들에게 발견되기 십상일 터이다.

더구나 지금처럼 나란히 서 있는 민수림까지 그들을 쳐다보고 있다면, 게다가 민수림이 천하절색의 미모까지 지니고 있다면 저들이 그냥 지나칠 확률은 전무하다.

진검룡은 문득 민수림을 쳐다보았다. 그녀는 비응보 무사들을 바라보고 있다가 진검룡을 쳐다보았다.

만약 진검룡이 민수림에게 저 비응보 무사들을 모두 죽이라고 부탁한다면 그녀는 그다지 어렵지 않게 저들을 모두 죽일 수 있을 것이다.

그렇지만 그렇게 해봐야 일만 복잡하게 만들 뿐이지 아무런 소용이 없다.

저들 열 명이 죽는다면 비응보가 가만히 있지 않을 것이고 진검룡과 민수림은 숨어서 도망쳐 다녀야만 할 것이다.

그러니까 비응보 전체를 괴멸시키지 않는 한 저들 열 명을 죽이는 것은 바보 천치 같은 짓이다.

비응보 무사들이 점점 가깝게 다가오자 진검룡은 급히 고개를 돌려 외면했다.

이곳 용정서가 거리에서 비응보 무사들과 마주치는 일은 비일비재하고, 그때마다 잠시 노려보다가 그들에게 발각되기 전에 얼른 외면을 했었으니까 오늘이라고 다를 게 없다.

고개를 돌리고 그들이 지나가기만 기다리고 있던 진검룡은 어느 순간 아차! 싶었다.

절세미녀 민수림을 그대로 놔둔 채 자신만 외면했으니 진짜 멍청한 짓이다.

진검룡은 급히 민수림 쪽으로 고개를 돌리다가 그녀가 자신을 빤히 보고 있어서 흠칫 놀랐다.

"어……"

그가 비응보 무사들을 외면하니까 민수림도 똑같이 외면을 하고 같은 강 쪽을 바라보고 있었던 것이다.

그랬었는데 그가 갑자기 그녀를 쳐다보는 바람에 마주 보는 꼴이 돼버렸다.

민수림의 눈이 '왜요?' 하고 물었다.

진검룡은 그녀의 얼굴 옆으로 비응보 무사들이 이 장 앞까지 걸어오고 있는 것을 발견하고는 급히 고개를 돌렸다.

용정교의 서쪽 용정서가 쪽에는 거리에서 강으로 내려가는 돌계단이 여덟 개가 있다.

상량천의 강폭은 이십여 장으로 꽤 넓은 편이며 강 양쪽에는 작은 배 수십 척이 정박해 있다.

거리에서 강으로 이어지는 축대 중간에는 강을 따라서 손목 굵기의 쇠기둥이 끝없이 길게 이어져 있으며 그 쇠기둥에 줄을 묶어서 배를 고정시켰다.

그리고 강 가운데 십여 장쯤의 폭으로 배들이 자유롭게 왕래하고 있으며 대부분 작은 배들뿐이라서 흐름에는 전혀 지장이 없다.

진검룡은 용정교에서 다섯 번째 돌계단을 나는 듯이 달려 내려갔고 민수림이 뒤따랐다.

그는 돌계단 아래에 빼곡하게 맞닿아 정박해 있는 작은 배들을 겅중겅중 뛰어 건너면서 재빨리 주위를 훑으며 사제가 타고 있을 자신들의 배를 찾아보았다.

별일이 없는 한 늘 용정교에서 서쪽 다섯 번째 돌계단 아래에 정박해 있는 그의 배가 이상하게 오늘따라 쉽사리 눈에 띄지 않았다.

다섯 번째 돌계단 아래에서 정박한 배들을 딛고 이십여 장까지 갔으나 진검룡은 자신들의 배를 발견하지 못하고 달리는 것을 멈추었다.

이곳에 배가 보이지 않는다면 둘 중 하나의 일이 벌어졌다는 얘기다.

사제가 아예 집에서 배를 끌고 나오지 않았을 가능성과 사제가 이곳에 나왔다가 배를 누군가에게 뺏기고 자신은 끌려갔다는 뜻이다.

전자의 경우라면 하늘이 도왔다고 할 수 있지만 만약 후자라면 낭패다.

여기 상량천에서는 배가 곧 생명이고 돈줄이다. 배를 잃으면 모든 것을 잃는 것이다.

더구나 배에는 진검룡보다 두 살 어린 사제가 있다. 착하기만 할 뿐이지 세상 물정이라곤 모르는 철부지 사제다.

만에 하나 그가 잘못된다면 진검룡은 죽을 때까지 괴로움에 몸부림쳐야만 할 것이다.

진검룡은 잠시 멈춰서 불안한 표정을 지으며 왔던 방향으로 돌아서서 혹시 자신이 배를 놓치지 않았는지 꼼꼼하게 확인해 보았다.

매사 정확한 그가 놓칠 리가 없지만 그래도 마음이 놓이지 않아서 한 번 더 확인하려는 것이다.

민수림도 똑같이 행동했지만 진검룡이 무엇을 찾는지 모르는 터라서 도움이 되지 않았다.

결국 잠시 후에도 배를 찾지 못한 진검룡의 얼굴에 초조함이 가득 떠올랐다.

그때 근처의 어느 배에서 거적이 걷히며 선실에서 나오던 청년 한 명이 진검룡을 발견하고 놀라서 외쳤다.

"호리(狐狸)야!"

진검룡은 그를 보고 반색하며 급히 물었다.

"광(廣) 형! 우리 배 못 봤소?"

그는 이웃인 광발(廣拔)이라는 사람인데 진검룡에게 다가오며 염려스러운 표정을 지었다.

"호리야, 너희 배 어제 오후에 잔지(殘指) 패거리가 강제로 끌고 갔다."

"우라질!"

욕이 저절로 나왔다. 그럴 줄 알았다. 진검룡도 자신들의 배가 눈에 띄지 않자 제일 먼저 잔지 패거리를 의심했었다.

설마 그게 아니기를 빌었지만 언제나 나쁜 일에는 요행이라는 것이 없다.

이 거리에서 불리고 있는 진검룡의 별명인 호리는 여우와 살쾡이라는 뜻이며 꾀가 많은 사람이나 소인배를 가리키는데 진검룡은 전자 영리한 축에 속한다.

진검룡은 이글거리는 눈빛으로 광발에게 물었다.

"우리 배에 누가 있었소?"

"독보(禿甫)가 있었어."

진검룡의 얼굴이 더 어두워졌다. 최악의 상황이다. 배만 잃으면 그나마 다행인데 사제인 독보까지 끌려갔다면 잔지 패거리가 사제를 그냥 내버려 둘 리가 없다.

"보아 혼자였소?"

"그래."

독보는 진검룡의 두 살 아래 사제다. 진검룡과 독보, 그리고 이따금 도와주는 막내 사매 장한지(張翰芝)는 물건을 운송해 주는 일을 하고 있다.

거창하게 운송업 같은 것이 아니고 용정서가에서 주루나 기루, 만두 가게, 어물전, 야채 가게 등 장사를 하는 사람들이 필요로 하는 채소나 육류, 물고기 따위 원재료를 가까운 산지(産地)에서 이곳까지 대신 배달을 해주고 소정의 운송료를 받는 일이다.

그 일을 해서 한 달에 은자 열 냥 정도를 버는데 네 사람 생활비와 사모님의 약값을 하고 나면 남는 게 없다.

진검룡은 동천목산으로 검법 수련을 떠나면서 일거리를 같은 일을 하는 광발에게 잠시 맡기고 독보에겐 좋아하는 낚시나 하면서 집에서 쉬라고 당부했었다.

그러면서도 독보가 말을 듣지 않을 것이라고 생각했었다.

독보가 배를 끌고 나와서 일을 하면 진검룡이 있을 때만큼은 아니더라도 수입의 반의반은 벌 수가 있다.

독보는 진검룡이 없는 동안 자신이 가장으로서 열심히 일을 해서 집안을 이끌어야 한다고 생각했을 것이다. 그러다가 이런 일을 당한 것이다.

독보도 그걸 알고 조심했겠지만 운 나쁘게 잔지 패거리에게 걸려들고 말았다.

진검룡은 더 들어볼 것도 없이 돌계단을 향해 전력으로 되돌아서 달려갔다.

독보가 탄 배를 끌고 간 잔지 패거리는 용정교의 동쪽과 서쪽, 그러니까 용정동가와 용정서가 둘 다 자신들의 구역으로 삼고서 활개를 치고 있다.

잔지는 말 그대로 손가락이 없거나 잘렸다는 뜻이다.

잔지 패거리는 손가락이 없거나 잘려야지만 가입할 수 있으며 약 삼십여 명인데 이 거리에서는 잔인하기가 타의 추종을 불허할 수준이다.

잔지 패거리는 법이 없다. 그렇게 눈에 뵈는 게 없어서 더욱 잔인하고 무서운 존재다.

잔지 패거리에게 걸리면 뼈도 추리지 못하기 때문에 평소 진검룡은 촉각을 곤두세우고 다녔는데 그가 없는 동안에 재수 없게 사제인 독보가 걸려들고 말았다.

제아무리 잔지 패거리라고 해도 비웅보 같은 방파나 문파는 절대로 건드리지 못한다.

아니, 건드리기보다는 방파나 문파가 싫어하는 뒤치다꺼리를 잔지 패거리가 기꺼이 도맡아서 처리해 준다.

어쨌든 잔지 패거리는 이번만큼은 진검룡을 잘못 건드렸다.

지금 그에겐 예전에는 없던 비장의 무기가 있다.

第六章

잔지장(殘指莊) 전멸

잔지 패거리는 용정교 두 번째 돌계단 아래가 일터이자 소굴이라서 놈들의 배 십여 척은 그곳에 다 모여 있다.

　놈들의 배라고 해봐야 죄다 탈취한 것들뿐이다. 배든 뭐든 돈 주고 살 놈들이 아니다.

　하지만 해가 지면 잔지 패거리는 배들을 모아서 꽁꽁 묶어 놓고 육상의 집으로 돌아간다.

　이 거리에서 잔지 패거리가 어디에 살고 있는지 모르는 사람은 아무도 없을 것이며, 자진해서 그 지옥 구덩이에 가려고 하는 사람도 없을 것이다.

　용정동가 대로에서 안쪽으로 길게 뻗은 골목의 막다른 곳에 위치한 소규모 장원이 잔지장(殘指莊)이라고 불리는 잔지 패거리의 육상 소굴이다.

척!

땅거미가 깔리고 있을 즈음에 진검룡과 민수림은 굳게 닫힌 잔지장 전문 앞에 이르렀다.

민수림이 손가락으로 전문을 가리키며 진검룡을 쳐다보았다. '부술까요?'라고 묻는 것이다.

진검룡은 옆에 무림고수인 민수림이 있으니까 생각 같아선 전문을 박살 내면서 요란하고 당당하게 들이닥쳐서 잔지 패거리를 한 놈도 남김없이 깡그리 죽이고 싶지만 그렇게 하면 뒤가 시끄러워진다.

진검룡이 잔지 패거리를 전멸시켰다는 소문이 퍼져서 좋을 게 하나도 없다는 얘기다.

이제부터 그가 항주 전체를 들었다 놨다 하고 쥐락펴락하면서 거창하게 나갈 거라면 상관이 없다.

하지만 그냥 여태까지처럼 조용히 살 거라면 흥분을 가라앉히고 쓸데없는 소문은 내지 않는 게 좋고, 골치 아픈 일에는 휘말리지 않는 게 신상에 좋다.

그러기 위해서는 잔지 패거리를 최대한 조용하게 처리하는 것이 좋다.

될 수 있으면 독보만 구해내고 배를 되찾는 쪽으로 마무리를 하는 게 가장 현명한 방법이다.

진검룡이 고개를 가로젓자 민수림은 그의 팔을 잡고 가볍게 위로 솟구쳤다.

발로 땅을 박차지도 않고 그냥 바람에 휘날리는 깃털처럼 둥실 떠오른 것이다.

스읏!

단 한 번의 도약으로 두 사람은 잔지장의 전문을 날아 넘어서 안쪽 마당에 사뿐히 내려섰다.

그리 넓지 않은 마당에는 아무도 보이지 않고 어느 전각 안에서 와자지껄한 소리가 쏟아져 나왔다.

아마도 잔지 패거리들이 모여서 술을 마시며 여흥을 즐기고 있는 모양이다.

진검룡은 어두컴컴한 담 아래에 몸을 숨기고 민수림에게 나직이 속삭였다.

"사제가 갇혀 있을 만한 곳을 찾아야겠습니다."

[방법을 말해봐요.]

민수림이 입도 벙긋거리지 않는데 그녀의 목소리가 진검룡의 고막을 잔잔하게 두드렸다.

전음입밀 수법인데 진검룡은 생전 처음 들어보았다. 하지만 지금은 신기해할 때가 아니다.

"한 놈을 잡아서 족칩시다."

[알았어요.]

민수림이 미끄러지듯이 마당을 가로지르는 것을 보고 진검

룡은 움찔 놀라는데 그가 말릴 겨를도 없이 그녀는 와자지껄
한 소리가 흘러나오는 전각의 문을 열고는 거침없이 안으로
사라져 버렸다.

진검룡의 계획은 이곳에서 기다리고 있다가 한 놈이 밖으
로 나오면 제압하자는 것이었는데 민수림은 가타부타 말없이
전각 안으로 돌진해 버렸다.

'어쩌자는 거지?'

전각 안에는 필시 잔지 패거리 놈들이 한데 모여서 우글거
리며 술을 마시고 있을 텐데 그들 중에서 한 놈만을 어떻게
제압해서 데리고 나오겠는가.

그런데 민수림이 전각 안으로 들어가고 나서 두 호흡쯤 지
났을 때 전각 안의 와자지껄한 소란이 한순간 뚝 끊어졌다.

곧 이어서 전각의 문이 살짝 열리고 민수림의 얼굴이 나타
나더니 이쪽을 보면서 전음을 보냈다.

[들어와요.]

안에는 잔지 패거리 삼십여 명이 모여서 술을 마시고 있는
데 들어오라니, 진검룡은 민수림의 머리가 어떻게 된 게 아닌
가 하는 생각이 들었다.

그런데 민수림은 진검룡을 말끄러미 응시하면서 그가 들어
오기를 기다리고 있다.

보통 사람 같으면 이런 상황에서 진검룡에게 빨리 들어오라
고 재촉할 텐데 민수림은 묵묵히 기다려 주었다. 그것이 바로

그녀의 여러 좋은 성격 중 하나인 차분함이다. 그런 점이 그녀를 훨씬 돋보이게 만들었다.

지금 상황에서는 진검룡으로서도 그녀의 말에 따르는 것 말고는 달리 방법이 없다.

진검룡이 주위를 두리번거리면서 마당을 가로질러 문으로 다가가자 민수림이 문을 조금 더 열어서 그가 들어올 수 있도록 해주었다.

안으로 들어간 진검룡이 조심스럽게 문을 닫고 돌아서자 민수림이 앞장서서 대전을 가로질러 어느 방으로 향했다.

진검룡은 방에 들어서다가 움찔 놀라서 걸음을 멈추고 눈을 부릅떴다.

그곳 꽤 넓은 방의 실내에는 삼십여 명이 둥글게 둘러앉아서 술을 마시고 있는 광경이 펼쳐져 있었다. 잔지 패거리가 전부 모여 있는 것 같았다.

그런데 움직이는 자가 아무도 없다. 다들 어떤 동작을 취하던 중에 강제적으로 멈춰진 모습이다.

술을 따르거나 마시다가, 혹은 웃으며 떠들던 모습 그대로 석상이 된 것처럼 굳어버렸다.

'모두 혈도가 제압됐다!'

다음 순간 진검룡은 그 사실을 깨달았다. 다들 몸은 굳었지만 극도로 놀란 표정에 눈동자가 데구루루 이리저리 부산하게 구르고 있다.

'마혈이다……!'

혈도를 제압하되 정신을 잃게 하는 것은 혼혈이고 정신은 말짱하지만 움직이지 못하게 만드는 것이 마혈이라고 들은 적이 있었다.

민수림이 진검룡에게 전음을 했다.

[어떤 자를 심문할까요?]

진검룡은 이끌리듯이 실내에서 가장 상석에 앉아 있는 자를 쳐다보았다.

그는 지금껏 잔지 패거리 우두머리인 파두(把頭: 두목)를 한 번도 직접 본 적이 없지만 소문에 의하면 파두가 칠지잔랑(七指殘狼) 즉, 손가락이 일곱 개뿐이라고 했다.

진검룡은 상석에 앉은 자 앞으로 다가가서 그의 손가락이 몇 개인지 확인해 보았다.

한 손으로는 술잔을 쥐고 있으며 다른 손은 탁자에 놓여 있는 그의 손가락은 모두 합쳐 일곱 개다. 그가 칠지잔랑이 분명하다.

삼십 대 중반의 나이에 얼굴에 이리저리 흉측한 흉터가 여러 개인 잔인한 몰골을 지녔다.

진검룡이 앞에서 굽어보자 칠지잔랑은 눈을 부릅뜨며 그를 쏘아보았다.

그러자 진검룡은 가슴에서 분노가 불끈 치밀어 주먹으로 놈의 옆머리를 호되게 후려갈겼다.

"뭘 봐! 이 자식아!"

뻑!

쿠당탕!

칠지잔랑은 옆으로 쓰러져서 바닥에 나뒹굴었지만 비명이나 신음을 지르지 않았다.

그걸 보고 진검룡은 잔지 패거리들 모두 아혈까지 제압되어 말을 하지 못한다는 사실을 깨달았다.

그 짧은 시간에 민수림이 삼십여 명의 마혈과 아혈을 모조리 제압했다니 기가 막힐 노릇이다.

진검룡은 쓰러져 있는 칠지잔랑의 멱살을 잡고 일으키며 민수림에게 말했다.

"이놈을 족치겠습니다."

[알았어요.]

투우…….

민수림이 슬쩍 손목을 뒤집자 세 줄기 지풍이 발출되어 칠지잔랑의 아혈을 풀어주었다.

아혈이 풀리자마자 칠지잔랑은 두 눈을 부라리면서 입에 거품을 물고 악을 썼다.

"이 새끼, 너 죽으려고…….'

뻐걱!

"왁!"

진검룡의 주먹이 턱에 작렬하자 칠지잔랑은 비명을 지르며 다시 바닥으로 나뒹굴었다.

진검룡은 옆으로 쓰러져 있는 칠지잔랑의 옆얼굴을 발로 세게 밟았다.

콱!

"끅……."

"용정교 오계단 아래에서 끌고 온 배하고 내 동생은 어디에 있느냐?"

"끄으으……."

진검룡은 칠지잔랑이 대답을 할 수 있도록 얼굴에서 발을 떼고 똑바로 눕혔다.

"으으… 너 같은 새끼가 감히……."

칠지잔랑이 진검룡을 보고 눈을 희번덕거리면서 위협조로 말한다는 것은 진검룡이 누군지 알고 있다는 뜻이다.

스릉!

진검룡은 칠지잔랑이 어깨에 메고 있는 도를 뽑아 그의 목에 갖다 대고 이빨을 드러내며 으름장을 놓았다.

"이번에도 대답하지 않으면 목을 잘라주마. 내 동생은 어디에 있느냐?"

"으으으… 지하 석실에 있다……."

"내 배는 어디에 있지?"

"파… 팔았다……."

"이 죽일 놈!"

콰작!

"큭!"

진검룡은 발을 들어 칠지잔랑의 콧등을 짓밟았다.

그가 방을 나가려는데 민수림이 지풍을 발출하여 칠지잔랑의 아혈을 제압하고는 그를 불렀다.

[검룡.]

그녀가 진검룡의 이름을 부른 것은 이번이 처음이다.

진검룡이 걸음을 멈추고 돌아보자 그녀는 쓰러져 있는 칠지잔랑을 보면서 전음을 했다.

[저자가 검룡을 알고 있는 것 같고 또 얼굴을 봤어요.]

"아……!"

진검룡은 움찔했다. 하나의 큰 깨달음이 뒷골을 때렸다.

칠지잔랑이 진검룡이 누군지 알고 있다면 절대로 가만히 있지 않을 것이다.

칠지잔랑을 비롯한 잔지 패거리가 보복을 못 하도록 하려면 지금 뒤처리를 잘해야만 한다.

뒤처리라는 것은 칠지잔랑을 죽이는 것이 제일 깔끔하다.

아직도 손에 칠지잔랑의 도를 쥐고 있는 진검룡은 그를 쳐다보면서 얼굴이 복잡하게 변했다.

진검룡은 지금까지 살아오는 동안 많은 싸움을 해봤으며 때론 이기고 때론 져서 다치기도 했었지만 사람을 죽여본 적은 한 번도 없었다.

그가 활동하는 곳이 무림이 아니라 항주 성내 저잣거리이기 때문에 싸움이 벌어져도 반드시 상대를 죽이고 내가 죽어야 하는 생사의 문제가 아니었다.

그렇지만 지금은 칠지잔랑을 죽이는 게 맞다. 그를 죽이지 않으면 진검룡은 물론이고 사제와 사매, 사모님까지 끔찍한 보복을 당하고 말 것이다.

진검룡이 칠지잔랑을 죽여야겠다고 결심하고 있을 때 민수림의 조용한 전음이 그의 고막을 울렸다.

[한 명도 남기지 말고 다 죽여야 해요.]

"……."

진검룡은 경악해서 눈을 휘둥그렇게 뜨고 민수림을 바라보며 그게 무슨 말이냐는 표정을 지었다.

그러나 민수림의 대답을 듣지 않더라도 진검룡은 그 이유를 곧 알게 되었다.

진검룡은 실내를 천천히 둘러보다가 잔지 패거리 삼십여 명 전원이 마혈과 아혈이 제압된 상태라서 지금까지 실내에서 벌어진 일을 다 보고 들었다는 사실을 깨달았다.

그러니까 비밀을 지키려면 칠지잔랑만이 아니라 이곳에 있는 삼십여 명 모두를 죽여야 하는 것이다.

'맙소사…….'

진검룡은 얼굴이 하얗게 질렸다. 이날까지 살인을 한 번도 해본 적이 없는 그에게 느닷없이 잔지 패거리 삼십여 명을 한꺼번에 죽이라고 하는 것은 차라리 혀를 깨물고 죽으라는 얘기나 다름이 없는 일이다.

그때 민수림의 조용한 전음이 들렸다.

[내가 할게요.]

"……."

그런 진검룡의 고민을 민수림이 단번에 해결해 주었다.

그러나 이번에도 진검룡은 큰 충격을 받고 아무런 대꾸도 하지 못한 채 민수림을 멍하니 바라보기만 했다.

저토록 아름다운 여자가 아무렇지도 않게 태연히 삼십여 명 모두를 자신이 죽이겠다고 말하는 것이 진검룡은 도저히 믿어지지가 않았다.

진검룡이 충격을 받고 멍하니 서 있자 민수림이 다가와서 손을 내밀었다.

그가 쥐고 있는 도를 달라는 것이다. 그녀는 구태여 무기를 사용하지 않고도 사람을 죽이는 일이 손바닥을 뒤집는 것만큼이나 쉬운 일이다.

하지만 이곳에서 절정고수의 솜씨를 발휘했다가는 뒤가 시끄러워질 것이다.

그래서 도를 사용하여 이들을 죽임으로써 누가 흉수인지 헷갈리게 만들려는 의도다.

거기까지는 미처 생각하지 못한 진검룡이지만 지금 이 순간에 한 가지만은 분명하게 알 수 있었다.

"저놈은 내가 죽이겠습니다."

이 일을 민수림에게 혼자 떠넘기는 것은 남자답지 못하다는 생각이다.

이 일은 진검룡의 일이다. 그러므로 그의 손에서 시작되고 그의 손으로 끝맺어야 한다.

                    *   *   *

저벅저벅……

진검룡은 돌덩이처럼 굳은 얼굴로 도를 바닥으로 향한 채 천천히 칠지잔랑에게 걸어갔다.

칠지잔랑은 민수림의 전음을 듣지 못했지만 방금 전에 진검룡이 '저놈은 내가 죽이겠다'라고 하는 말을 들었기에 눈을 부릅뜨고 몸을 부들부들 떨고 있다.

진검룡은 칠지잔랑 머리맡에 서서 그를 굽어보았다. 죽이겠다고, 죽여야만 한다고 생각하니까 그의 눈이 시뻘겋게 충혈되었고 어금니가 악다물어졌다.

진검룡에게 콧등이 발로 짓밟혔던 칠지잔랑의 얼굴은 온통 피투성이다.

그는 두려운 표정을 가득 떠올리고 입술을 달싹거렸으나 아혈이 제압되었으므로 아무 말도 하지 못했다.

용정교 일대에서 살인을 밥 먹듯이 하면서 공포로 몰아넣었던 칠지잔랑이 정작 자신의 죽음 앞에서는 한없이 초라한 모습을 보고 진검룡은 가소롭다는 생각이 들었다.

진검룡은 천천히 도를 치켜올리면서 칠지잔랑을 어떻게 죽여야 할지 궁리했다.

한 번도 살인을 해보지 않은 그로서는 살인의 방법마저도 고민거리일 수밖에 없다.

'심장을 찌를까? 아니면 정수리를 쪼갤까? 아… 아니다……'

칼로 심장을 찌르거나 정수리를 쪼개는 것은 한 번도 해본 적이 없다.

그가 결정을 내리지 못하고 있을 때 시기적절하게 민수림의 전음이 들렸다.

[단칼에 목을 자르세요.]

진검룡은 민수림을 쳐다보지 않고 칠지잔랑의 목을 단칼에 자르기 좋은 위치와 자세를 잡았다.

[두 발을 어깨 넓이로 벌리고 팔에 힘을 뺀 상태에서 두 손으로 도를 잡고 머리 위로 치켜드세요. 그리고 도끼로 장작을 패는 것처럼 가볍게 그어 내려요.]

진검룡이 민수림 말대로 자세를 다시 잡고 두 손으로 잡은 도를 머리 위로 치켜올리자 칠지잔랑은 눈을 있는 힘껏 부릅 뜨고 온몸을 와들와들 격렬하게 떨어댔다.

쉬잇!

도를 세로로 바닥을 향해 그어 내렸다.

카각!

진검룡은 급히 아래를 내려다보았다. 도는 정확하게 칠지잔랑의 목을 단번에 잘랐다. 그런데 자르고 나서 도가 나무 바닥에 깊숙이 꽂혔다.

첫 살인이지만 놀랍게도 진검룡은 매우 담담한 기분이다. 추호도 당황하지 않았고 양심의 가책이나 죄스러움 같은 것은 한 올도 들지 않았다.

지금 와서 든 생각이지만 칠지잔랑 같은 쓰레기 기생충은 천 명을 죽인다고 해도 죄책감 따위 들 것 같지 않았다.

도는 칠지잔랑의 목을 단칼에 자르고 한 뼘 정도 더 나아가 나무 바닥에 꽂혀 있으며, 잘라진 목에서 피가 뿜어지기 시작하는데 슈슈슉! 그러기도 하고, 꾸르륵! 하는 소리가 나서 진검룡은 바짝 긴장한 얼굴로 지켜보았다.

지켜보고 있자니 진검룡의 등골이 쭈뼛거리고 손발이 찌릿거리는데 생전 느껴본 적이 없는 이런 기분은 아무래도 희열인 것 같았다.

진검룡은 첫 살인을 했는데 죄책감이 아니라 희열을 느낄 줄은 예상하지 못했다.

그래서 그는 한 가지 매우 중요한 사실을 깨달았다. 살인의 대상이 쓰레기에 기생충 즉, 악인이면 희열을 느낀다는 사실을 말이다.

슥—

[동생을 찾아서 오세요.]

민수림이 진검룡 손에서 도를 받아 쥐면서 차분한 목소리로 전음을 보냈다.

진검룡은 뜨거운 눈빛으로 그녀를 바라보았다. 그는 그녀가 자신에게 칠지잔랑을 죽이도록 배려한 것에 대해서 고맙다고 말하지는 않았다.

구태여 말하지 않더라도 그녀가 이미 마음으로 받아들였을 것이라고 믿었다.

두 사람은 어느새 그런 사이가 돼버렸다.

진검룡은 잔지장 후원에 있는 지하 석실에서 사제 독보를 어렵지 않게 찾아냈다.

다행한 것은 독보는 겁에 질려 있을 뿐이지 어디 다친 곳은 없었다.

그런데 전혀 예상하지 않았던 일이 생겼다. 그곳 지하 석실에 독보 외에 두 명이 더 감금되어 있었다.

그들은 소년과 소녀인데 소년은 항주 어느 문파의 소문주이고 소녀는 놀랍게도 항주에서 가장 유명한 십엽루(十葉樓)라는 기루 주인의 딸이다.

독보는 물론이고 소년 소녀도 전혀 다치지 않은 모습이라서 불행 중 다행한 일이었다.

"히이잉……! 사형……!"

명랑한 성격이지만 겁이 많은 독보는 진검룡에게 발견된 이후 계속 울고만 있다.

진검룡은 독보와 소년 소녀를 전각으로 데리고 가서 어느 방에서 기다리게 하고 자신은 민수림이 있는 곳으로 갔다.

민수림은 방 밖에서 팔짱을 낀 채 진검룡을 기다리고 있었다.

[동생은 찾았나요?]

"찾았습니다. 별일 없습니까?"

[네.]

진검룡은 민수림이 등지고 서 있는 문 안쪽의 잔지 패거리 삼십여 명이 모두 죽었을 것이라고 추측했다.

그는 민수림을 쳐다보았다. 기억을 잃은 그녀가 일을 처리하는 것이 일사천리에 매우 깔끔해서 기억을 잃었다는 사실이 곧이 믿어지지 않았다.

[할 일이 남았나요?]

"그렇습니다. 잠시 기다려 주겠습니까?"

[그러겠어요.]

잔지 패거리 삼십여 명이 전멸했다면 잔지 패거리는 더 이상 이 땅에 존재하지 않는 것이다.

용정교 인근에서 온갖 악행으로 돈을 긁어모은 잔지 패거리가 엄청난 알부자라는 사실은 그들이 잔인무도하다는 사실

만큼 유명하다.

그래서 진검룡은 잔지 패거리가 모아놓은 재물을 가져가야 겠다고 생각했다.

그가 이대로 떠난다고 해도 누군가 잔지 패거리의 재물을 탈취할 것이기 때문이다.

민수림은 처음 자세 그대로 삼십여 명이 죽어 있는 방문 앞에 팔짱을 낀 채 우뚝 서 있었다.

재물을 찾는다고 잔지장 전각 여기저기를 뒤지던 진검룡이 그녀에게 도움을 청했다.

"따라와서 도와주십시오."

진검룡이 민수림을 데려간 곳은 잔지 패거리의 파두 칠지잔 랑의 침실이다.

진검룡은 자신이 칠지잔랑의 침실에서 발견한 또 다른 방 으로 통하는 문을 열고 들어갔다.

그곳에는 큼직한 철제 금고가 있으며 그 크기가 높이 반 장 에 폭 두 자인데 주먹만 한 자물쇠가 매달려 있다.

진검룡은 자물쇠를 가리키며 씁쓸한 표정을 지었다.

"아무리 찾아도 열쇠가 보이지 않아서요. 열 수 있는 방법 이 없겠습니까?"

민수림은 가타부타 말없이 철제 금고 앞에 한쪽 무릎을 꿇 고 앉아서 자물쇠를 두 손으로 감싸 쥐었다.

두 손이 다 필요 없지만 자물쇠가 워낙 큰 탓에 한 손으로 다 감싸 쥘 수 없기 때문이다.

쩌겅!

다음 순간 그녀가 별로 힘을 주지도 않았는데 자물쇠 고리가 끊어져서 떨어져 나갔다.

'우와……'

민수림이 자물쇠를 바닥에 내려놓고 일어서자 진검룡은 질린 얼굴로 자물쇠를 쳐다보았다.

어른 손가락 굵기의 고리가 뎅겅 잘렸고 자물쇠는 떡처럼 짓뭉개져 있었다.

'정말……'

진검룡은 지금껏 민수림을 봐오면서 많이 놀랐었지만 도무지 그녀가 지닌 능력의 끝을 측량할 수가 없다. 아니, 측량한다는 자체가 어리석은 일인 것 같다.

진검룡이 쳐다보자 민수림은 배시시 아름다운 미소를 지을 뿐 아무 말도 하지 않았다. 이런 모습 때문에 진검룡은 그녀를 더욱 신비하게 여기고 있다.

그녀는 서두르라고 재촉하지도 이제부터 어떻게 하느냐고 묻지도 않고 그저 가만히 기다려 주었다.

그긍…….

묵직하게 금고를 열어본 진검룡은 그 안에 들어 있는 내용물 때문에 입을 쩍 벌리고 말았다.

금고 안은 세 칸으로 이루어졌는데 맨 위의 칸에는 누런 황금빛 금원보 백여 개가, 가운데 칸에는 금원보보다 세 배 큰 은원보 삼백여 개가 수북하게 꽉 들어찼으며, 그리고 맨 아래 칸에는 은자가 가득 담긴 가죽 주머니 수십 개가 금고 깊은 안쪽까지 빼곡하게 쌓여 있었다.

"이건 도대체……."

저잣거리를 활보하는 일개 건달배의 두목이 이런 어마어마한 재물을 모았다는 사실이 쉽게 믿어지지 않았다.

진검룡이 기대했던 것은 맨 아래 칸에 있는 수십 개의 은자 주머니 중 하나 정도였다.

그것만 해도 은자 천 냥은 족히 되고도 남을 것이다. 그랬는데 이건 정말 너무 엄청나다.

진검룡은 금고에서 금원보나 은원보, 은자 자루 어느 것 하나 꺼낼 생각을 하지 못하고 그 앞에 퍼질러 앉은 채 멀거니 바라보기만 했다.

그러다가 시간이 너무 지체되는 것 같아서 퍼뜩 정신을 차리고 금고 맨 아래 칸에서 은자 자루 하나를 꺼냈다.

철렁!

"웃!"

은자가 천 냥쯤 담긴 것 같은 자루는 그가 두 손으로 들기에도 무거워서 놓치고 말았다.

지켜보고 있던 민수림이 전음으로 말했다.

[이걸 가져갈 건가요?]

진검룡은 고개를 끄떡였다.

"그렇습니다만 방법이 없군요."

그러자 민수림이 바닥에 떨어져 있는 은자 자루를 금고 안에 집어넣고 금고 문을 닫고는 대뜸 두 팔을 벌려서 금고를 한 아름 안았다.

진검룡이 설마 하는 표정을 짓는데 민수림은 금고를 아주 가볍게 번쩍 안아 들고는 문으로 걸어갔다.

[가요.]

"아… 네."

다행인 것은 잔지장에서 구한 소년과 소녀의 집이 진검룡의 집으로 가는 길목에 있다는 사실이다.

그렇기 때문에 소년과 소녀를 집에 데려다주려고 일부러 성내를 빙 돌아가지 않아도 됐다.

진검룡은 평소에 잘 알지 못하는 전혀 다른 거리에서 마차를 한 대 구입했으며, 마차 안에 독보와 소년, 소녀를 태우고 금고를 실었고 마부석에 자신과 민수림이 나란히 앉아서 말을 몰았다.

그는 서두르지 않고 될수록 천천히 마차를 몰아 성내의 서쪽으로 향했다.

어마어마한 재물을 손에 넣었다는 사실 때문에 심장이 미친 듯이 두근거렸지만 그럴 때마다 옆에 앉은 민수림을 보면 마음이 가라앉았다.

잔지장에서 나온 이후 그곳에서 꽤 먼 거리를 걸어간 후에 구해놓은 마차를 타고 출발했으므로 그들을 본 사람은 아무도 없었다.

독보와 함께 잔지장 지하 석실에 감금되어 있던 소년은 이름이 태도현(太到賢)이고 항주 성내 오대방문파 중 하나인 연검문(燕劍門)의 소문주다.

잔지 패거리가 무엇 때문에 연검문 소문주를 감금하고 있었는지는 모르지만 필시 나쁜 의도였을 것이다.

만약 연검문이 그 사실을 알았다면 진검룡과 민수림이 아니더라도 잔지 패거리를 몰살시켰을 것이다.

진검룡은 대로변에 있는 으리으리한 연검문 전문 앞에 소문주 태도현을 내려주었다.

십칠 세인 태도연은 마주선 진검룡을 바라보면서 한없이 고마운 표정을 지었다.

"잠시라도 들어갔다가 가면 안 되나요? 이렇게 그냥 가버리면 언제 다시 만날 수 있죠?"

태도연은 진검룡이 자신을 잔지 패거리에게서 구해주고 연검문까지 데려다주면서도 일체의 보답도 바라지 않는다는 사실에 더욱 크게 감격했다.

진검룡은 유약하고 키가 작은 유생 같은 모습의 태도현 어깨를 가볍게 두드렸다.

"나도 항주에 사니까 만나는 일이 어렵지 않을 것이다. 어서 들어가라."

하지만 그는 다시는 태도현을 만날 일이 없을 것이라고 속으로 생각하고 있었다.

진검룡이 마부석에 올라가려고 하니까 태도현이 쪼르르 뒤따라왔다.

"그러면 형님 존함이라도 알려주세요."

진검룡은 씁쓸한 표정을 지었다. 그는 이런 일로 생색을 내고 싶은 생각이 추호도 없다.

그가 어떻게 하면 좋으냐는 듯 민수림을 쳐다보자 그녀는 담담히 미소만 지었다.

그래서 그는 하는 수 없이 자신의 이름을 밝혔다.

"나는 진검룡이다."

태도현이 그의 손을 덥석 잡고 고개를 숙였다.

"지금부터 제 형님으로 받들겠습니다."

"어……."

진검룡이 어정쩡하게 서 있으니까 태도현이 이번에는 마부석에 앉아 있는 민수림을 바라보았다.

"누님 존함은요?"

"민수림이야."

태도현은 넉살 좋게 넙죽 고개를 숙였다.

"오늘부터 저 태도현의 누님으로 모시겠습니다."

민수림은 선선히 고개를 끄떡였다.

"좋아."

"감사합니다, 수림 누님!"

태도현은 닷새 동안이나 잔지장에 감금됐었다고는 믿어지지 않게 쾌활했다.

더구나 그는 소심한 소공자 같은 외모를 지녔으면서도 실제 언행은 호걸 같았다.

덜컥… 다각…….

태도현은 서서히 굴러가는 마차를 향해 부지런히 손을 흔들다가 마차가 시야에서 사라지자 그제야 연검문의 전문을 힘차게 두드렸다.

쿵쿵쿵!

第七章

동거

항주 근교에는 수많은 명승지가 있지만 단연 첫손에 꼽히는 곳이 서호다.

서호의 동쪽은 항주 성내와 인접해 있어서 접근성이 좋아 사람의 왕래가 많다.

그곳 서호 변에는 백여 개가 넘는 기루와 주루들이 길게 줄지어서 늘어 있다.

그중에서도 단연 규모가 가장 크고 또한 경치가 제일 좋은 곳에 자리를 잡고 있는 기루가 바로 십엽루다.

오 층이라는 거대한 규모의 본채를 비롯하여 십여 채의 부속 건물을 거느리고 있는 하나의 성채 같은 곳이 바로 서호와

더불어서 명승으로 불리는 십엽루다.

진검룡은 일부러 십엽루에서 멀찌감치 떨어진 곳에 마차를 세우고 십엽루주의 딸을 내려주었다.

연검문 소문주 태도연은 진검룡이 구해주자마자 자신의 신분과 이름을 밝혔었다.

그런데 이 소녀는 자신이 십엽루주의 딸이라고만 말했을 뿐 이름을 밝히지 않았다.

진검룡은 백합처럼 희고 예쁜 십오 세 소녀를 마차에서 내려주고 저 멀리 보이는 십엽루를 가리켰다.

"혼자 갈 수 있겠지?"

지금도 키가 자라는 중인 소녀는 자신보다 머리 두 개는 더 커 보이는 진검룡을 말끄러미 올려다보았다.

"어서 가라."

진검룡은 손짓을 해 보이고는 마부석으로 걸어갔다.

그런데 그때 소녀가 그의 소매를 잡았다.

"저……."

"응?"

"제 이름은 소효령(蘇效翎)이에요."

"어… 그래?"

진검룡은 지금 상황에 소녀의 이름을 아는 것이 그다지 중요하지 않았다.

그의 집은 이곳에서 마차로 반각이면 닿을 수 있으므로 지금 그의 마음은 온통 집에 가 있었다.

진검룡은 소녀 소효령이 무슨 말이든 빨리 해주기를 바라고 있는데 그녀는 반짝이는 눈으로 그를 올려다보면서 매우 조심스럽게 말을 꺼냈다.

"오빠라고 부르고 싶어요."

"나… 를 말이니?"

"네."

진검룡이 뜨악해서 묻자 소효령은 눈처럼 흰 얼굴을 노을처럼 붉히면서 고개를 푹 숙였다.

그녀는 아까 연검문 소문주 태도현이 진검룡에게 어떻게 했는지를 마차 안에 앉아서 다 봤을 것이다. 그래서 그녀도 진검룡을 오빠로 삼고 싶다고 말하는 것 같았다.

진검룡은 이런 경우가 생전 처음이라서 멍한 얼굴로 민수림을 쳐다보았다.

민수림은 엷은 미소를 지으며 전음을 보냈다.

[그 아이를 빨리 집으로 보내고 싶으면 얼른 오빠가 되겠다고 대답하세요.]

진검룡은 소효령의 머리를 부드럽게 쓰다듬었다.

"그래. 오빠라고 불러도 좋아."

"정말인가요?"

소효령이 고개를 발딱 들며 기쁜 표정을 지었다.

그녀는 잔지장 지하 석실에 열흘 정도 감금되어서인지 입고 있는 하얀 꽃무늬 상의와 치마가 매우 구겨지고 더러워서 꼬질꼬질했다.

세수도 하지 못한 얼굴이지만 원래 타고난 미모를 가리지는 못했다.

그녀는 장차 몇 년만 지나도 월광이 부끄러워할 정도의 미녀가 될 것이 분명하다.

"그래."

"그럼 오빠, 저희 집에 같이 가요."

소효령이 십엽루가 있는 쪽을 가리켰다.

그런데 진검룡은 무심코 십엽루를 쳐다보다가 그쪽 방향에서 십여 명이 이쪽으로 나는 듯이 달려오는 광경을 목격하고 움찔 놀랐다.

달려오고 있는 사람들은 어둠 속에서도 어깨에 도검을 메고 있는 것이 보였다. 그런데 그들이 달려오면서 이쪽을 향해 우렁차게 소리쳤다.

"거기 계시는 분은 소저이십니까?"

"소저! 그자에게서 떨어지십시오!"

진검룡은 달려오는 자들이 무사들이며 소효령의 수하이거나 아니면 십엽루의 호위무사일 것이라고 추측했다.

어쨌든 그들이 오면 귀찮아질 것이므로 진검룡은 즉시 마부석에 올랐고 민수림이 마차를 출발시켰다.

우두두……

진검룡의 짐작처럼 달려오는 자들은 십엽루의 호위무사들인데 그들이 마차를 뒤쫓으려고 하자 소효령이 두 팔을 활짝 벌리고 막아섰다.

"그만두세요! 오빠를 괴롭히지 마세요!"

진검룡이 뒤돌아보니까 무사들이 멈춰 있고 소효령이 마차를 향해 손을 흔들면서 외쳤다.

"검룡 오빠! 꼭 저 보러 오세요!"

진검룡 입가에 흐릿한 미소가 빙그레 피어났다. 그는 태어나서 지금껏 저렇게 예쁜 여자아이에게 오빠라는 소리를 처음 들어보았다.

집에서 같이 살고 있는 사부의 딸 사매 장한지는 그를 대사형이라고 부른다.

말고삐를 쥐고 있는 민수림이 자신을 보면서 빙그레 미소를 짓자 진검룡은 어색한 표정을 지었다.

"허허… 요즘 여자아이들이란."

"손이라도 흔들어주지 그래요?"

"손을요?"

그때 소효령의 외침이 들렸다.

"오빠! 고마워요! 잘 가세요!"

소효령은 진검룡이 구출해 준 이후 말을 거의 하지 않고 행동도 조신해서 무척 얌전하게 봤는데 그런 그녀가 목청껏 외치고 있으니 왠지 절박하게 들렸다.

진검룡이 뒤돌아보며 손을 흔들자 소효령은 와락 울음을 터뜨리면서 잘 가라고, 자기를 꼭 찾아오라고 외쳤다.

소효령은 잔지 패거리에게 납치되어 잔지장 지하 석실에 열흘이나 감금되어 별별 상상을 다 하면서 공포에 질려 있다가 진검룡에게 구출됐으니 그 심정이야 오죽하겠는가.

"다행이에요."

민수림이 오랜만에 육성으로 말했다.

진검룡은 의아한 표정을 지었다.

"뭐가 말입니까?"

"검룡이 좋은 사람인 것 같아서요."

"……."

진검룡은 얼굴이 확 붉어져서 아무 말도 못 하고 멍한 얼굴로 민수림을 바라보았다.

새카만 머리카락을 둘둘 말아서 뒤쪽 위에 붙이고 나뭇가지로 찔러서 고정시켰으며, 아무렇게나 헝클어져 내린 것 같은 귀밑머리와 뽀얗고 아스라한 턱의 선을 응시하는 진검룡의 눈이 게슴츠레해졌다. 민수림은 어떤 모양을 하고 있어도 너무나 아름다웠다.

민수림이 그를 쳐다보면서 의아한 얼굴로 물었다.

"왜요?"

깜짝 놀란 진검룡은 바보처럼 웃었다.

"수림도 좋은 사람이에요."

민수림이 아까 그를 '검룡'이라고 두 번 불러주자 그도 용기를 내서 엉겁결에 '수림'이라고 불렀다. 돌아가신 어머니 이름인데도 몹시 정겨웠다.

그렇지만 그녀는 어머니가 아니다.

진검룡의 집은 서호 변 북쪽에 있다.

기루와 주루들이 다닥다닥 줄지어서 길게 늘어 있는 서호 동쪽 길을 따라 북쪽으로 한참 가다가 서호 끝에서 서쪽으로 꺾어져서도 삼백 장쯤 더 가면 우거진 갈대숲이 나오는데 그곳에 진검룡의 집이 있다.

이곳에서 사는 이점은 아주 많다. 첫째, 땅을 돈 주고 살 필요가 없으며 집도 내가 땀 흘려서 짓고 살면 그만이다.

둘째, 경치가 아주 그만이다. 집 앞 막힘없이 탁 트인 드넓은 호수의 경치는 뭐라고 필설로 설명할 수 없을 정도이고, 뒤쪽으로는 드넓은 평야가 있고, 그 끝에 절경으로 유명한 봉황산(鳳凰山)이 있다.

셋째, 항주 성내 사람들은 먼 곳에서 돈을 주고 힘겹게 물을 길어 와서 사용하는데 이곳은 바로 앞이 호수이고 더구나 집 옆에 맑은 계류가 호수로 흘러들고 있으니 거기에서 식수를 구하면 된다.

넷째, 집 주변 어느 곳이든지 그저 가꾸기만 하면 다 밭이 되기 때문에 채소는 따로 사 먹을 필요가 없고 호수에서 각종 물고기와 해산물들을 공짜로 얻을 수 있으니 언제나 식탁이 풍성한 편이다.

그 외에도 이곳에서 살면 좋은 일이 열거하기도 어려울 정도로 많다.

진검룡이 삼 년여 전에 비응보에게 모든 것을 강탈당하고 거리로 내쫓긴 직후에 가족을 이끌고 거리를 전전하고 있을 때 친한 지인이 이곳으로 가보라고 귀띔을 해줘서 비교적 일찍 이곳에 자리를 잡았다.

끼이……

마차에서 내린 진검룡이 집의 뒷문을 여는 소리가 났다.

드그르르……

이어서 마차가 넓은 마당 안으로 굴러들고 있는데 마당 너머 집의 문이 빼꼼 열리며 귀여운 소녀의 얼굴이 나타났다.

그녀는 돌아가신 사부의 딸이며 막내 사매인 장한지다.

장한지는 마부석의 낯선 민수림을 보면서 경계하는 눈빛이더니 대문을 닫고 이쪽으로 걸어오는 진검룡을 발견하고는 문을 활짝 열고 비명을 지르며 달려왔다.

"와아앗! 대사형!"

"지아, 잘 있었느냐?"

"으아앙! 왜 이제야 온 거예요, 대사형!"

장한지는 어린아이처럼 울음을 터뜨리면서 폴짝 뛰어올라 진검룡에게 안겼다.

그녀는 십오 세로 진검룡하고 다섯 살 터울이며 그를 이 집 안의 가장으로 여기기 때문에 마치 딸처럼 허물없이 굴었다.

장한지는 펑펑 울면서 진검룡 뺨에 자신의 뺨을 비비며 하소연을 했다.

"흐어엉! 대사형……! 무슨 일이 생겼는지 독보 사형이 사흘째 돌아오지 않아요……!"

진검룡은 장한지의 조그만 몸을 안고 집으로 걸어가면서 민수림에게 같이 들어가자고 고개를 끄떡여 보였다.

장한지는 두 팔로 진검룡의 목을 꼭 안고서 울음을 그치려 들지 않았다.

"엉엉……! 그래서 제가 독보 사형을 찾으러 성내에 몇 번이나 갔었는데……."

"울보야, 지금 내 얘기 하는 거니?"

그때 아래쪽에서 귀에 익은 목소리가 들리자 장한지는 울음을 뚝 그쳤다.

그녀가 눈물 젖은 얼굴로 내려다보자 진검룡 옆에서 독보가 꾀죄죄한 모습으로 웃으며 서 있다.

"우리 울보, 내 걱정 많이 했구나?"

장한지는 독보를 하얗게 흘겨보더니 발로 그의 가슴을 가볍게 탁 찼다.

"흥! 누가 뚱보 사형 걱정을 했다는 거야?"

독보는 장한지 다리를 붙잡고 벌쭉 웃었다.

"헤헤헤! 지아, 반갑다."

침상에 누워 있던 사모님 상명(祥鳴)은 힘겹게 일어나 앉아서 오랜만에 돌아온 진검룡의 인사를 받았다.

진검룡은 독보를 어떻게 해서 구해 오게 됐는지 간략하게 설명하고는 옆에 서 있는 민수림을 소개했다.

"우리하고 같이 지내실 분이에요."

삼십사 세의 사모님 상명은 민수림을 보더니 눈이 부신 듯한 표정을 지었다.

"세상에… 이렇게 아름다우신 분이라니……."

민수림은 공손히 허리를 굽히며 예를 취했다.

"검룡의 친구이니 편하게 대하세요."

상명은 화들짝 놀랐다.

"검룡의 친구라고요? 아이고……! 너는 어디에서 이토록 지체 높으신 소저를 친구로 얻었다는 말이냐?"

진검룡은 민수림이 기억을 잃은 사실은 자신만 알고 있어야겠다고 마음먹었다.

그는 앉아 있는 상명이 힘들어하는 모습을 보고 부축해서 침상에 다시 눕혔다.

"누워계시면 식사를 준비해서 올리겠습니다."

상명의 시선은 한사코 민수림을 좇고 있다.

"아유… 귀한 손님이 오셨는데 내가 누워 있어서……."

그녀는 예전에 요리 솜씨가 뛰어나기로 소문이 자자했었고 남편을 잘 내조하고 성품이 후덕하다고 주위에서 칭찬이 끊이지 않았었다.

민수림이 진검룡에게 전음을 보냈다.

[검룡, 내가 사모님의 상태를 좀 살펴볼 수 있을까요?]

진검룡은 귀가 번쩍 뜨였다. 민수림이 무림고수이기 때문에 의술에 대해서도 당연히 잘 알 것이라는 생각 때문이다.

*　　　　*　　　　*

진검룡은 상명을 눕히고 나서 공손히 말했다.

"사모님, 이분 소저께서 의술에 조예가 깊으니까 진맥을 받아보시는 게 어떠십니까?"

상명은 황송한 표정으로 어쩔 줄 몰라 했다.

"아유… 이런 황송할 데가……."

그녀는 민수림이 누군지는 모르지만 그녀에게서 흘러넘치는 귀태와 존귀함 같은 것을 한눈에 간파했기에 감히 함부로 대하지 못했다.

"실례할게요."

민수림은 우아한 동작으로 상명의 손목을 잡았다.

모두들 긴장한 표정으로 지켜보는데 민수림만 차분하게 진맥을 이어갔다.

그녀가 진맥을 하는 모습은 우아함을 넘어서 고결하게 보이기까지 했다.

그 모습은 그녀가 억지로 꾸미려고 해서가 아니라 자연적으로 우러나는 것이며 선천적으로 타고난 것이다.

이윽고 민수림이 진맥을 끝내고 손을 뗐다.

"자주 피를 토하는군요."

"아……."

"맞아요!"

상명과 장한지가 놀라서 동시에 탄성을 터뜨렸다.

민수림은 진검룡과 장한지, 독보에게 명령하듯이 나직하게 말했다.

"잠시 나가 있어요."

세 사람이 나가자 민수림은 상명의 앞섶을 열어 가슴이 다 드러나게 했다.

상명이 깜짝 놀라자 민수림이 다독거리며 안심시켰다.

"괜찮아요. 가슴의 통증을 치료하려는 거예요."

상명의 눈이 놀라서 커다랗게 떠졌다.

"가슴이 아픈 걸 어떻게 알았어요?"

민수림은 빙그레 미소 지었다.

"진맥을 했잖아요."

"그래도……."

"폐가 많이 붓고 염증이 생겨서 기침을 심하게 하고 피를 토하는 거예요."

"아……."

그 말은 상명이 의원에게 들은 말이다.

"그러다 보니까 살이 빠지고 피부의 윤기가 없어지고 머리카락까지 빠지는 거죠."

상명은 쓸쓸한 표정을 지었다.

"이제 겨우 서른네 살인데 여자로서 끝이에요."

민수림이 살짝 꾸짖었다.

"그런 말씀 하지 마세요. 사모님 인생은 이제부터예요."

"어머……."

상명은 민수림에게 홀딱 반하고 말았다.

민수림은 상명의 가슴에 두 손바닥을 밀착시키고 부드러운 진기를 주입하기 시작했다.

"치료할 동안 눈 감고 편히 계세요."

다시 방에 들어온 진검룡과 독보, 장한지는 침상에 누워 있어야 할 상명이 바닥에 내려와서 민수림과 탁자에 마주 앉아 도란도란 대화를 나누고 있는 광경을 보고 크게 놀라 비명을 질렀다.

"어머니!"

"사모님!"

진검룡 등이 놀라서 달려들자 상명은 환하게 웃으면서 그들을 다독거렸다.

"호호홋! 이렇게 심신이 상쾌한 것이 얼마 만인지 모르겠구나!"

진검룡이 놀라서 민수림에게 물었다.

"어떻게 된 겁니까?"

"사모님의 폐가 심하게 붓고 염증이 심한 데다 오랜 세월 동안 병환으로 누워계셔서 기력이 쇠약해지셨는데 그것을 조금 치료해 드렸어요."

"오……"

상명은 민수림의 손을 잡고 연신 싱글벙글했다.

"수림 소저 덕분에 내 병이 다 나았으니까 너희들은 더 이상 내 걱정 하지 마라."

민수림이 고개를 저었다.

"아직 완치된 것이 아니에요. 조금 전 같은 진기(眞氣) 치료를 서너 번 더 받으셔야 해요."

진검룡은 기쁨을 억눌렀다.

"치료를 서너 번 더 받으면 사모님께서 깨끗이 완치되시는 겁니까?"

민수림은 온화하게 고개를 끄떡였다.

"그럴 거예요."

진검룡은 그녀의 말이 쉽게 믿어지지 않았다. 상명의 병은 십 년이 넘은 지병인 데다 항주 성내의 용하다는 의원들도 고치지 못했었다.

"정말입니까?"

자꾸 물으면 귀찮을 텐데도 민수림은 여전히 부드러운 미소를 지으며 고개를 끄떡였다.

"의원들의 치료와 내 치료가 다른 점은 의원은 무림인이 아니고 나는 공력으로 치료한다는 사실이에요."

"그렇군요."

그랬기 때문에 그동안 의원들이 그렇게 상명을 치료했어도 별 효과를 보지 못했던 것이다.

진검룡은 즉시 민수림 앞에 부복하여 큰절을 올렸다.

"수림, 사모님을 치료해 줘서 정말 고맙습니다."

독보와 장한지도 얼른 진검룡 양쪽에 부복하며 절을 올렸다.

"은혜에 감사드려요!"

민수림은 깜짝 놀라서 급히 세 사람을 부축해서 일으키고는 진검룡에게 난처한 듯 말했다.

"이러지 말아요. 친구끼리 이러면 어떻게 해요? 우리가 어디 남인가요?"

'우리가 어디 남인가요?'라는 말이 진검룡의 가슴을 거세게 두드렸다.

진검룡 가족은 늦은 저녁 식사를 했다.

모친 상명이 병을 얻어서 누워 있었던 지난 수년 동안 어린 장한지가 일찌감치 철이 들어서 주방 일은 물론이고 집안일을 도맡아 했었다.

　그런데 오늘 저녁 식사는 상명이 직접 요리했다. 다들 말리는데도 다 나았다면서 신바람이 나 주방을 휩쓸고 다녔다.

　식사가 끝난 후에 상명은 쉬러 가고 장한지가 진검룡 방에 술상을 차려주었다.

　평소에 고된 일이 끝나고 집에 돌아오면 진검룡이 자기 전에 술 마시는 것을 즐겨 하기 때문에 장한지가 자주 술상을 봐주곤 했었다.

　다들 피곤하다면서 자기들 방으로 갔고 진검룡 방에 그와 민수림 둘만 남았다.

　"수림, 술 마실 줄 압니까?"

　"모르겠어요."

　민수림이 고개를 가로젓자 진검룡은 그녀의 잔에 술을 한 잔 부어주었다.

　"마셔보십시오."

　민수림이 잔을 들었다.

　"같이 마셔요."

　쨍!

　진검룡이 잔을 부딪치자 민수림이 신기하다는 표정을 지으며 물었다.

"술 마실 때 잔을 부딪치나요?"

"친구끼리나 친한 사이는 그렇게 합니다."

그녀는 살짝 미소를 지었다.

"그렇다면 우린 친구로군요."

"싫습니까?"

민수림이 약간 정색을 했다.

"혹시 친구가 말도 안 되는 말을 할 때 혼을 내주는 방법이 있나요?"

진검룡은 머쓱하게 대답했다.

"주로 벌을 줍니다."

"무슨 벌을 주죠?"

"뭐… 꿀밤을 때리거나 합니다."

"꿀밤이 뭐죠?"

진검룡은 중지를 접었다가 퉁기듯이 펴면서 허공에 때리는 시늉을 해 보였다.

민수림은 고개를 살래살래 가로저었다.

"지풍을 발출하는 수법인데 내가 그렇게 했다가는 검룡의 머리에 구멍이 뚫릴 거예요."

"그럴 겁니다."

두 사람은 똑같이 술을 한 잔 마셨다.

민수림은 반쯤 마시다 말고는 잔을 내려놓으면서 아미를 곱게 찌푸렸다.

"써요."

"그만 마셔요."

그녀는 진검룡이 빈 잔에 술을 따르고 두 잔째 마시는 것을 보고는 자신의 남은 빈 잔을 비웠다.

"크으… 그래도 시도해 볼래요."

진검룡은 벙긋 웃었다.

"좋은 태도입니다."

진검룡은 술을 마시면서 자신이 여태까지 항주에서 하고 있었던 일과 멸망한 사문 청풍원에 대해서 지나가는 말처럼 간략하게 설명했다.

그는 말이 많은 편이 아니지만 민수림이 앞으로 함께 살아야 할 처지이니까 그런 것 정도는 그녀가 알아둬야 할 것 같아서 말해주는 것이다.

민수림은 이것저것 꼬치꼬치 캐묻지 않고 진검룡이 하는 말을 조용히 듣기만 했다.

그녀는 진검룡의 방 한쪽 구석에 옮겨다 놓은 잔지장에서 갖고 온 철제 금고에 대해서는 한마디도 하지 않고 아예 눈길조차 주지 않았다.

진검룡도 철제 금고를 덜컥 갖고 오기는 했지만 워낙 큰 액수라서 어떻게 해야 할지 대책이 서지 않았다.

일단 잔지 패거리가 몰살하는 큰 사건이 벌어졌으니까 내일부터 용정교 일대가 어떻게 돌아가는지 추이를 지켜보고 거기에 맞춰서 대응하기로 했다.

"원래 술이라는 게 이렇게 쓰고 맛이 없나요?"

다섯 잔째 술을 마시고 나서 민수림이 아미를 곱게 찌푸리면서 말했다.

진검룡은 빙그레 웃었다.

"솜씨가 별로 없는 지아가 좋지 않은 재료로 집에서 담근 술이라서 그럴 거예요."

민수림은 신기하다는 표정을 지었다.

"지아는 어린 것 같은데 술도 담글 줄 아나요?"

"어렸을 때 사부님께서 돌아가시고 그 이전부터 사모님이 편찮으셨으니까 지아가 일찍 철이 들어서 집안일이라면 거의 다 혼자 도맡아서 잘합니다."

"기특하군요."

"가게에서 파는 술은 맛있습니다. 원하시면 내일은 좋은 술을 대접하겠습니다."

민수림은 방긋 미소 지었다.

"기대하겠어요."

잠시 후에 진검룡은 줄곧 생각했던 것을 조심스럽게 꺼냈다.

"수림 소저."

"수림이라고 부르세요."

"네, 수림. 앞으로 어떻게 하실 생각입니까?"

민수림은 진검룡이 지금 하고 있는 말을 꼭 할 것이라고 예상했었다.

"내가 기억을 잃은 것에 대해서 검룡이 도울 일은 하나뿐이에요."

"그게 뭡니까?"

"지금처럼 나를 검룡 곁에 머물게 해주는 거예요. 그렇게 해주면 잃어버린 기억을 되찾는 것은 순전히 내 몫이니까 나한테 맡기세요."

"수림과 함께 지내는 것은 당연하죠. 그건 그렇고 기억을 되찾을 방법이 있습니까?"

민수림은 차분함과 냉정함이 반씩 섞인 표정으로 말했다.

"운공조식으로 해결하겠어요."

민수림은 진검룡하고는 근본부터 다른 차원의 무림고수니까 운공조식으로 기억을 찾는 일이 가능할 수도 있다.

그리고 그것은 진검룡이 관여하고 싶어도 그럴 수 없는 차원의 일이다.

술상을 치우고 잘 시간이 되었다.

민수림을 상명이나 장한지의 방에서 같이 자게 하려는 게 여의치가 않았다.

두 사람 방의 침상이 둘이 자기에는 좁기 때문이다. 그렇다고 상명과 장한지를 바닥에서 자게 할 수는 없는 일이다.

그래도 진검룡 방이 가장 넓어서 오늘 밤만 그녀를 이곳에서 재우기로 했다.

민수림하고는 별별 일들을 다 겪었으므로 같이 자는 것쯤이야 아무것도 아니다.

"내일 좋은 방을 하나 마련해 드릴 테니까 오늘 밤만 여기에서 자십시오."

이 집은 원래 매우 낡은 폐가였는데 진검룡 가족이 들어와 살면서 여기저기 차츰 수리를 하여 제법 아담한 규모의 집이 완성되었다.

밖에서는 흙벽과 흙담에 나무로 만든 문, 갈댓잎을 얹은 초라한 집으로 보이지만 내부에 들어오면 아늑하고 포근하기 짝이 없는 보금자리다.

이 집에는 방이 많은데 진검룡이 운송업을 하다 보니까 이것저것 쟁여둘 물건들이 많아져서 여러 개의 방을 창고로 사용하고 있다.

"수림이 침상에서 자십시오. 나는 바닥에서 자겠습니다."

동천목산 산중의 초막에 비하면 여긴 최고급 객잔이나 다름이 없다.

민수림이 침상을 바라보았다.

"침상이 넓군요."

그때 독보가 방 밖에서 말했다.

"대사형, 뜨거운 물 끓여놨어요."

"고맙다."

진검룡은 방바닥에 이불을 펴면서 민수림에게 말했다.

"보기에는 좀 그래도 바깥에 욕실이 따로 있으니까 가서 씻고 오십시오."

"그래야겠어요."

동천목산에서 여기까지 쉬지 않고 왔으니까 뜨거운 물에 씻고 나면 개운하게 잠이 잘 올 것이다.

第八章

그 남자, 그 여자

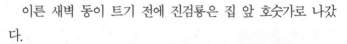

이른 새벽 동이 트기 전에 진검룡은 집 앞 호숫가로 나갔다.

약간 오른쪽으로 난 오솔길을 이십여 장쯤 가면 아담한 공터가 나오는데, 호수 쪽으로만 터져 있고 삼면이 갈대숲으로 막혀 있어서 가족들 눈에 띄지 않고 아침 수련을 하기는 안성맞춤이다.

동천목산에 가기 전에 그는 특별한 일이 없는 한 매일 이른 아침에 이곳에서 목검으로 검법 수련을 했었다.

그가 수련하는 검법은 당연히 사문 청풍원의 성명검법인 청풍사선검이다.

거리를 떠돌던 일곱 살 때 사부였던 장도명의 눈에 띄어서 청풍원에 입문한 이후 십삼 년 동안 오로지 청풍사선검 하나만 연마했었다.

그가 장도명의 눈에 띈 것은 자질이 출중해서가 아니라 당시 그의 몰골이 비루먹은 강아지처럼 형편없었기 때문이다.

어려서 부모를 차례로 여의고 거지나 다름없는 모습으로 거리를 전전하던 그를 거두어준 장도명은 그에게 아버지나 다름이 없는 존재였다.

그래서 진검룡은 청풍원이 멸문하고 장도명이 죽은 후에도 유족들을 제 가족처럼 이끌면서 돌보고 있는 것이다.

그에게 상명은 어머니이고 장한지는 누이동생이기 때문이다.

쉬이잇! 쉬익! 쉭!

그가 목검을 휘두르는 동작은 한심할 정도로 단조로웠다.

그런데도 그는 열과 성을 다해서 비지땀을 흘리며 수련에 몰두하고 있다.

하지만 그가 십삼 년째 주야장천 연마하고 있는 청풍사선검은 원래 청풍원주 장도명이 창안한 것으로 삼류 중에서도 하급에 속하는 검법이라서 대성을 이룬다고 해봤자 삼류무사 소리나 겨우 들을 수 있을 터이다.

진검룡이 그것을 모르는 바가 아니다.

하지만 그가 알고 있는 무공, 아니, 무술이 청풍사선검이 전부라서 오로지 거기에만 매달리는 것이다.

만약 그에게 처음부터 무공으로 성공하고 싶은 마음이 있었다면 진작 다른 문파의 훌륭한 무공을 받아들였을 테지만, 그에게 제일 급선무는 가족을 부양하는 것이라서 그런 생각을 할 겨를조차 없었다.

민수림은 추호의 기척 없이 갈대숲 사이를 걸어가고 있다.

갈대숲 너머에서 진검룡이 검법 수련을 하는 음향이 생생하게 들려왔다.

쉬이익! 쉭! 쉭!

이윽고 흔들리는 갈댓잎 사이로 검술 수련에 열중하고 있는 진검룡의 뒷모습이 보이자 민수림은 걸음을 멈추고 잠시 그를 지켜보았다.

그녀는 기억을 잃었지만 지금 진검룡이 전개하고 있는 검법이 검법이라고 부르지도 못할 만큼 최하급이라는 사실을 한눈에 간파했다.

그녀는 갈대숲 바닥을 향해 손을 뻗었다.

스으⋯⋯.

어린아이 주먹 크기의 조약돌 하나가 저절로 허공으로 떠올라서 그녀의 얼굴 앞에 멈추었다.

공력이 오 갑자에 이르러야지만 전개할 수 있다는 접인신공(接引神功)이 그녀에게서 아무렇지도 않게 펼쳐졌다.

민수림은 어떤 구결을 외우면서 수법을 전개하는 것이 아니라 그저 생각만 하면 몸이 알아서 따라주고 있다.

순간 그녀의 얼굴 앞에 정지해 있는 조약돌이 진검룡을 향해 빛처럼 쏘아갔다.

추호의 파공성이나 기척도 나지 않은 그저 한 줄기 빛이 일직선을 그으며 쏘아갔다.

그녀가 어째서 이런 짓을 하는지 모르지만 진검룡이 조약돌에 맞으면 죽거나 중상을 입게 될 것이 분명하다.

쌔앵!

민수림에게서 진검룡까지의 거리는 사 장 정도였으며 그녀는 조약돌이 절반 이 장으로 좁혀지자 그때부터 일부러 날카로운 파공음이 흐르게 했다.

진검룡은 빛처럼 쾌속하게 쏘아오는 조약돌을 불과 이 장 거리에서 피해낼 재간이 애초에 없다.

아니, 반응조차 하지 못하고 조약돌에 적중되고 말 것이다.

그런데 검법 수련을 하던 진검룡이 돌연 동작을 뚝 멈추는가 싶더니 조약돌이 쏘아오고 있는 방향으로 급히 돌아서며 반사적으로 피하려고 했다. 평소의 그라면 도저히 있을 수 없는 일이다.

그러나 피하기에는 이미 늦었다.

그가 조약돌을 향해 돌아서지 않고 피하기만 했으면 성공했을지 모르지만 두 동작을 한꺼번에 하는 것은 무리다.

"……!"

왼쪽 방향으로 막 돌아서고 있는 진검룡은 자신의 이마를 향해 두어 자 거리까지 쇄도하고 있는 조약돌을 발견하고 놀라는 표정을 지었다.

만약 평소의 그라면 아무리 조약돌이 커다란 파공음을 내면서 쏘아온다고 하더라도 그쪽을 향해서 돌아서는 동작 자체가 무리일 터이다.

그냥 딴짓을 하다가 고스란히 적중되고 말았을 것이다.

그러나 지금은 그가 모르는 어떤 잠재력이 이상행동을 하고 있는 것이다.

진검룡은 자신의 이마를 향해 무서운 속도로 쏘아오고 있는 조약돌을 부릅뜬 눈으로 노려보았다.

피해야 하는데 피할 수가 없는 안타까움이 그의 표정과 눈빛에 선명하게 드러났다.

빛으로 화한 조약돌과 진검룡 얼굴과의 거리가 불과 한 자로 좁혀졌다.

이제는 그가 어떤 행동을 하더라도 위기에서 벗어나는 일은 불가능할 것이다.

비웃!

순간 그의 이마에서 흐릿하게 반투명한 백색의 기운이 찰나지간 뿜어졌다.

스응…….

이상한 음향이 나더니 무서운 기세로 쏘아오던 조약돌이 허공에 뚝 멈췄다.

스스스…….

그러더니 진검룡이 지켜보고 있는 가운데 그것이 가루가 되어 땅으로 스러졌다.

'이게 무슨…….'

그는 멍한 표정으로 서 있다가 땅을 내려다보았다.

거기에는 방금 떨어진 가루가 수북이 쌓여 있었다.

그는 허리를 구부려서 가루를 만져보았다. 손가락에 느껴지는 감촉은 차가웠다.

'얼음이라니…….'

눈처럼 변한 얼음 가루다.

그는 방금 전에 자신의 얼굴을 향해 쏘아오는 조약돌을 발견했는데 그것이 순식간에 가루가 되어 땅에 떨어졌으며 그것을 만져보니까 얼음 가루다.

어떻게 이 사실을 제정신을 갖고 믿을 수 있다는 말인가.

그는 허리를 펴고 제자리에서 한 바퀴 돌며 공터 주위를 살펴보았으나 이상한 점을 발견하지 못했다.

진검룡은 집을 향해 걸어가면서 곰곰이 생각에 잠겼다.

그는 조금 전 자신의 머리를 향해 조약돌이 날아온 것에 대해서 생각하고 있는데 왜 갑자기 그런 일이 발생했는지 도무지 영문을 알 수 없었다.

그가 갈대숲에서 막 걸어 나오고 있을 때 누군가 그의 이름을 나직하고 짧게 불렀다.

"검룡."

위잉!

진검룡이 그쪽을 쳐다보는데 묵직한 파공음과 함께 굵직한 나뭇가지 하나가 그의 머리로 짓쳐오고 있다.

그가 쳐다보니까 갈대숲 밖에 선 민수림이 한 손으로 잡은 굵은 나뭇가지를 그를 향해 맹렬하게 휘두르고 있다.

그녀가 도대체 왜 자신을 공격하는 것인지 의문을 품을 새도 없이 나뭇가지를 피하거나 막아야 하는 것이 급선무다.

하지만 피하는 것은 이미 늦었다. 그렇다면 막는 것뿐인데 도대체 무엇으로 막는다는 말인가.

그 와중에도 피하기에는 늦었고 머리에 맞는다면 죽을 것 같다는 생각이 들자 다급히 왼팔을 들어 올렸다.

빡!

어른 팔뚝보다 굵은 나뭇가지가 진검룡의 왼팔을 사정없이 가격했다.

그런데 나뭇가지가 마치 수수깡처럼 여지없이 두 동강으로 부러졌다.

"……."

진검룡은 멍한 표정으로 자신의 왼팔과 민수림을 번갈아 쳐다보았다.

왼팔은 전혀 아프지 않았고 어떤 떨림 같은 것도 없다.

민수림은 가볍게 고개를 끄떡였다.

"역시……."

진검룡은 정신이 번쩍 들었다.

"수림, 뭐가 역시라는 겁니까? 어째서 갑자기 날 공격한 겁니까? 혹시 아까 갈대숲에서 돌을 던진 사람이 수림입니까?"

그는 질문을 한꺼번에 와르르 쏟아냈다.

그가 격동한 것에 비해서 민수림은 차분했다.

"검룡을 잠시 시험해 본 거예요."

"무얼… 시험한다는 겁니까?"

그렇게 물었다가 그는 조금 전 공터에서 조약돌이 얼음 가루가 된 것과 방금 왼팔을 가격한 굵은 나뭇가지가 두 동강이 난 것을 떠올리고 크게 놀랐다.

"그… 그게 다 뭡니까? 조약돌이 얼음 가루가 되고 팔을 때린 나뭇가지가 동강 나고……."

민수림이 진검룡의 팔을 잡고 호숫가로 이끌었다.

"잠깐 얘기 좀 해요."

"아……."

그녀가 갑자기 팔을 잡는 바람에 진검룡은 움찔 놀라며 급히 팔을 뺐다.

민수림이 정색을 했다.

"아, 미안해요."

"아… 닙니다."

진검룡과 민수림은 동천목산에서 처음 만난 순간부터 줄곧 민망한 상태로 지냈다.

수중 동굴에 뛰어들었다가 다시 튀어나온 민수림을 살리려는 일념으로 진검룡은 부부나 연인끼리만 할 수 있는 행동을 민수림에게 했고, 그날 밤 모닥불 가에서 잘 때 진검룡이 너무 추위에 떠니까 민수림은 무척이나 자연스럽게 그를 품에 안고 잠을 잤었다.

또 한 가지 민수림이 진검룡에게 차마 이야기하지 못한 것이 있다.

최초에 두 사람이 만났을 때 몸의 앞부분이 서로 찰싹 달라붙어 있었다는 사실이다.

그랬었는데 방금 민수림이 자신의 팔을 잡았다고 해서 진검룡이 민감하게 반응해 버린 것이다.

민수림은 정중히 사과했다.

"미안해요. 앞으로 조심할게요."

"……."

진검룡은 뜨악한 얼굴로 멀뚱히 서서 민수림이 호숫가로 걸어가는 모습을 바라볼 뿐이다.

진검룡은 그 자리에 서서 민수림의 뒷모습을 주시하며 주먹을 쥐었다 폈다 하며 이를 악물었다.

그가 민수림에게 이성으로서의 무슨 특별한 감정 같은 것을 품고 있지는 않지만 방금 같은 행동은 어리석기 짝이 없었다는 것을 본능적으로 직감했다.

그는 원래 데면데면하고 무감각하며 그다지 섬세하지 못한 성격의 소유자였다.

평소의 그라면 지금 같은 상황은 별것 아닌 것으로 치부하고 넘기면 그만이다.

그런데도 그는 지금 이걸 짚고 넘어가지 않으면 안 된다는 강한 압박을 느꼈다.

"그러지 않아도 됩니다."

갑자기 그는 민수림을 향해 또박또박 말했다.

민수림이 걸음을 멈추고 뒤돌아보았다.

"뭐가 말인가요?"

진검룡은 움찔했지만 아랫배에 불끈 힘을 주고 용기를 내서 말했다.

"방금 수림이 제 팔을 만졌을 때 제가 무심결에 뿌리친 거 말입니다."

"네."

"잘못했습니다. 다시는 그러지 않겠습니다."

"그런가요?"

"네, 그러니까 수림은 앞으로 저를 만지는 것을 조심하지 않으셔도 됩니다."

"……."

진검룡은 민수림이 어리둥절한 표정을 짓는 것을 보고 자신의 말을 알아듣지 못한 것이라고 생각했다.

"그러니까 아무 때나 저를 어떤 식으로든지 만져도 된다는 뜻입니다, 네."

진검룡은 더없이 진지한 표정으로 쳐다보다가 민수림이 아무 말도 하지 않자 울 것 같은 얼굴이 됐다.

"아직… 마음이 풀리지 않았습니까?"

"네?"

민수림은 오묘한 진검룡의 정신세계를 이해하지 못하겠다는 표정을 지었다.

진검룡은 이런 식으로 끝내서는 안 된다는 절박함에 몰려서 폭주를 했다.

"수림은 저를 만지기 싫습니까?"

처음에는 이런 게 아니었는데 얘기가 이상한 쪽으로 흘러가고 있는 중이며 정작 본인은 깨닫지 못하고 있다.

민수림은 복잡한 표정으로 그를 바라보았다.

그녀의 복잡한 표정 중에서 가장 뚜렷한 것이 하나 있다.

'도대체 나한테 왜 이러는 거예요?'

*　　　　　*　　　　　*

진검룡은 좀 더 강하게 나갈 필요가 있다고 생각했다.

"앞으로 절 만질 거죠?"

"……."

"대답하세요."

"네……."

진검룡은 쐐기를 박을 필요성을 느꼈다.

"이리 오십시오."

민수림이 주춤거리면서 다가오자 진검룡은 성큼 마주 다가가서 두 팔을 활짝 벌리고 그녀를 와락 안았다.

민수림은 깜짝 놀랐다.

"검룡……."

진검룡은 그녀를 안은 두 팔에 힘을 더 주었다.

"가만히 있어요."

두 사람은 그렇게 오랫동안 서 있었다.

그런 상황이라서 민수림이 무엇 때문에 진검룡을 시험했는지에 대해서는 묻거나 설명할 수가 없었다.

잔지 패거리가 전멸했다는 소문이 항주 용정교 일대에 파다하게 퍼졌다.

잔지 패거리 삼십이 명이 잔지장에서 질탕하게 술을 마시던 중에 모두 칼에 여기저기 마구 찔려서 죽었다는 소문만 무성할 뿐이지 칠지잔랑의 철제 금고에 대한 얘기는 일절 없었다.

사실 칠지잔랑의 비밀 금고에 대해서 알고 있는 사람은 칠지잔랑 본인과 몇몇 측근들뿐인데, 그들이 모조리 죽었기 때문에 금고에 대한 일은 영원히 비밀에 묻혀 버린 것이다.

그러니까 칠지잔랑의 철제 금고를 가져간 진검룡은 졸지에 떼부자가 된 셈이다.

한 가지 변화가 있다면 잔지 패거리의 전멸로 용정교 일대 모든 사람들이 환호를 하며 기뻐했다는 사실이다.

예상은 했었지만 정말 아무도 잔지 패거리 삼십이 명의 죽음을 슬퍼하지 않았다.

진검룡은 그날 하루 항주 성내를 돌아보면서 잔지 패거리의 전멸에 대한 소문을 두루 듣고는 집으로 돌아왔다.

물론 민수림과 함께 다녔으며 돌아올 때는 항주의 유명한 술을 꽤 많이 사 왔다.

민수림은 집에 돌아오자마자 사모님 상명을 한 차례 더 치료해 주었다.

그동안 장한지는 저녁 식사 준비를 했으며 진검룡은 민수림이 사용할 방을 깨끗하게 치우고 청소했다.

민수림의 두 번째 진기 치료를 받은 상명은 자신의 폐병이 다 나았다면서 온 집 안을 펄펄 돌아다녔다.

저녁 식사 자리에서 진검룡은 모두에게 말했다.

"용정서가의 가게들에 물건을 운송해 주는 일은 이제 할 수 없게 됐어요."

모두에게 말한다고 하지만 사실 이 집안의 최고 어른인 상명에게 하는 보고다.

그렇다고 해서 상명이 사사건건 간섭하거나 잔소리를 하는 사람이 아니다.

여태껏 모든 것을 진검룡에게 맡겨왔던 터라서 지금이라고 달라진 것은 없다.

"무얼 하고 싶으니?"

상명은 자상하게 미소 지으며 맛있게 졸인 생선 살을 진검룡 밥그릇에 올려주었다.

"검룡아, 네가 알아서 해라."

"네, 사모님."

밥줄이 걸린 일이기 때문에 독보와 어린 장한지하고 상의할 수도 없는 일이다.

또한 민수림은 항주의 사정에 대해서 잘 모르는 데다 기억을 잃은 상태이므로 도움이 되지 못할 터이다.

장한지가 걱정하는 표정을 지었다.

"대사형, 그럼 우리 예전처럼 가난해지는 건가요?"

진검룡은 장한지의 머리를 쓰다듬었다.

"그런 걱정 하지 마라, 지아."

잔지방에서 가져온 철제 금고 안의 돈이라면 평생 일하지 않아도 풍족하게 살아갈 수 있을 것이다.

그렇지만 진검룡은 그럴 생각은 추호도 없다.

독보가 가슴을 내밀며 씩씩하게 말했다.

"대사형, 제가 물고기를 좀 더 많이 잡을 테니까 그걸 내다 팔면 돈이 될 거예요."

"고맙구나, 보야."

식탁에 차린 생선 요리는 모두 독보가 서호에서 낚시로 잡은 것들이다.

저녁 식사 후에 진검룡은 민수림이 보이지 않아서 그녀를 찾으러 집 안팎을 돌아다녔다.

그러다가 민수림을 찾아낸 곳이 호숫가인데 그녀는 그곳의 바위에 앉아서 하염없이 호수를 바라보고 있었다.

진검룡은 먼발치에서 그녀의 뒷모습을 응시하며 짠한 마음을 금할 수가 없었다.

기억을 깡그리 잃어버리고 자신이 누군지도 모른 채 살아가고 있으니 진검룡이라면 미쳐 버리고 말 일이다.

그는 민수림을 어떻게 위로해야 좋을지 망설이다가 그냥 발길을 돌리고 말았다.

민수림은 진검룡이 뒤쪽에 서 있는 것을 알았지만 뒤돌아보지 않았고 그가 가는데도 잡지 않았다.

아무것도 기억이 나지 않고 그래서 아무것도 생각할 필요가 없는 그녀지만 그래도 혼자만의 시간이 필요할 때가 있다.

똑똑…….

진검룡이 자신의 방바닥에 앉아서 운공조식을 시작하려는데 누가 방문을 가만히 두드렸다.

그가 일어나서 문을 여니 밖에 민수림이 다소곳이 서서 조심스럽게 말했다.

"술 마실래요?"

"좋습니다."

진검룡은 민수림을 방에 앉혀놓고 주방에 몇 번 들락날락하더니 금세 뚝딱 술상을 차렸다.

두 사람은 한동안 묵묵히 술만 마셨다.

민수림은 장한지가 집에서 담근 술은 쓰다고 하더니 오늘 항주 성내에서 사 온 술은 입맛에 맞는지 말없이 잘 마셨다.

일각이 지났을 때 민수림은 다섯 잔을 마셨고 얼굴이 발그레 달아올랐다.

진검룡은 기억을 잃은 그녀를 섣불리 위로하려고 하지 않고 잠자코 술만 마셨다.

"검룡은 뭘 하고 싶은가요?"

일곱 잔째 술을 마시기 전에 민수림이 자늑자늑한 목소리로 조용히 말했다.

"네? 아… 앞으로 무엇을 할지 요즘 그걸 고민하고 있습니다만 조만간 뭘 할지 결정할 겁니다."

"그런 것 말고요."

"네?"

민수림이 무슨 말을 하는지 진검룡은 알아듣지 못했다.

그녀는 술잔 속에서 찰랑거리는 분홍색 액체를 들여다보면서 차분하게 말했다.

"이것저것 따지지 않고 그냥 검룡이 제일 하고 싶은 일이 무엇인지 알고 싶어요."

"아……."

나직한 탄성을 터뜨리면서 알은척은 했지만 과연 나한테 그런 게 있기는 한 걸까 의구심이 들었다.

민수림이 술을 마시고 나서 조용히 말했다.

"검룡이 지금처럼 곰곰이 생각해서 떠오르는 것은 하고 싶은 일이 아니에요."

"그럼……."

"묻자마자 번쩍 떠오르는 것이 진짜 하고 싶은 일이죠."

"음……."

진검룡은 미간을 잔뜩 좁혔다. 돌이켜 보니까 조금 전에 민수림이 물었을 때 그녀의 말마따나 번쩍 떠오르는 것이 하나 있긴 있었다.

그런데 너무도 엄청난 일이라서 엄두가 나지 않아 그냥 머릿속에서 흐지부지 지워 버렸다.

"있습니다. 하고 싶은 일이."

"뭐죠?"

민수림이 바라보았을 때 그는 그녀를 만난 이후 처음으로 가장 강렬한 눈빛을 보여주었다.

"복수."

진검룡은 온몸에 잔뜩 들어간 힘을 풀지 않은 채 말했다.

"복수를 하고 싶습니다."

민수림은 진지하게 고개를 끄떡였다.

"그럼 하세요."

"네?"

민수림이 너무 간단하게 말해서 진검룡은 좀 미덥지 않은 표정을 지었다.

그녀가 술잔을 내밀었다.

"복수 말이에요."

여덟 번째 잔이다.

진검룡은 민수림의 눈빛이 그녀를 만난 이후 지금까지 늘 보석처럼 반짝거리고 있었다는 사실을 처음 알게 되었다. 그녀의 눈은 흐리멍덩할 때가 없이 늘 반짝거렸다.

그는 무엇에 홀린 것처럼 술잔을 내밀었다.

쨍!

두 사람이 술을 단숨에 마시고 나서 민수림이 차분한 목소리로 말했다.

"누구를 무엇에 대해서 복수하고 싶은지 말해보세요."

진검룡의 설명을 다 듣고 난 민수림이 명쾌하게 말했다.

"세 가지 방법이 있어요."

"뭡니까?"

진검룡은 비응보가 자신의 사문 청풍원을 어떻게 멸문시켰는지 과정을 설명하다가 다분히 감정이 격해진 탓에 그걸 억제하느라 조금 힘들었다.

"목적은 비응보를 전멸시키는 것이겠죠?"

진검룡은 힘차게 고개를 끄떡였다.

"그럴 수만 있다면 제 목숨을 내놓겠습니다."

민수림은 희고 긴 검지를 세로로 세워서 좌우로 살래살래 흔들며 눈빛으로 그를 꾸짖었다.

"남자가 그까짓 일로 목숨을 내놓아선 안 돼요."

진검룡은 어이없는 표정을 지었다.

"그까짓 일이라뇨? 사문의 복수에 목숨을 내놓는 것이야말로 진정한 남아대장부의 긍지가 아닙니까?"

"틀렸어요. 내가 죽는다면 복수든 뭐든 아무 소용이 없어요. 내가 살아서 그것을 누려야지만 그걸 이룬 보람이 있는 거예요. 복수를 멋지게 했는데 내가 죽었다면 과연 통쾌한 마음이 생길까요?"

진검룡은 눈을 깜빡거리면서 한동안 생각하다가 멋쩍은 미소를 지었다.

"그렇군요."

민수림은 손가락 세 개를 펴고 하나씩 꼽았다.

"세 가지 방법 중 첫째는 내가 검룡 대신 복수를 해주는 거예요."

"그건 안 됩니다."

그녀가 두 번째 손가락을 꼽았다.

"둘째, 검룡 혼자 복수하는 거예요."

"불가능합니다."

진검룡은 세 번째 방법이 궁금했다.

"셋째, 우리 둘이 복수하는 거예요."

진검룡은 그럴 줄 알았다는 듯 궁둥이를 들썩거리면서 쾌재를 불렀다.

"바로 그겁니다."

그러다가 진검룡은 금세 우울해졌다.

"수림은 무림고수니까 가능하지만 제겐 그럴 만한 능력이 없습니다."

"있어요."

진검룡은 민수림이 자신을 놀리는 거라고 생각했다.

"무슨 말입니까?"

그는 비응보에 대한 복수마저 다 물거품이라는 생각이 들었다. 민수림이 쓸데없는 말을 꺼낸 거다. 괜한 얘기로 허파에 잔뜩 바람만 들어갔다.

"오늘 아침에 있던 일 기억나지 않아요?"

"무슨… 아!"

진검룡은 말끝을 흐리다가 오늘 이른 아침에 있었던 일이 번쩍 생각났다.

그는 급히 진지해졌다.

"그거 어떻게 된 겁니까?"

아침에 민수림은 진검룡에게 한 번은 조약돌을 던졌으며 또 한 번은 굵은 나뭇가지로 머리를 때렸었다.

그랬는데 진검룡이, 아니, 그 자신도 모르는 어떤 신비한 능력이 조약돌을 얼음 가루로 만들었고 팔뚝으로 나뭇가지를 부러뜨렸다. 물론 팔뚝은 아무렇지도 않았다.

만약 그 수수께끼를 풀 수 있다면 그와 민수림이 합심해서 비응보를 괴멸시킬 수 있을 것이다.

"자세한 건 나도 몰라요. 그걸 확인하려고 검룡에게 시험을 했던 거였어요."

"뭘 확인하는 겁니까?"

"내가 알고 있는 것에 대한 확인이에요."

"수림이 뭘 알고 있는데요?"

"나도 몰라요."

진검룡은 어이없는 표정을 지었다.

"그렇다면 수림이 모르는 것을 확인하기 위해서 절 시험했다는 겁니까?"

민수림이 조금 감탄하는 표정을 지었다.

"정확해요."

민수림은 진검룡 체내에 만천극열수와 지정극한수의 순정기가 가득 들어차서 공존하고 있다는 사실을 알고 있다.

민수림은 자신의 능력으로 그것을 그냥 공력으로 변환시켜 줄 수 있을 것 같았다.

하지만 그렇게 한번 공력으로 변환되면 그것으로 끝일 것이라는 생각이 강하다.

천고에 다시는 없을 만천극열수와 지정극한수의 순정기의 가공할 신기를 그렇게 간단하게 공력으로 변환시키는 것은 너무 억울한 일이다.

공력으로 변환할 때는 하더라도 그것의 숨은 신기를 찾아
내는 일이 선행돼야 한다는 것이 민수림의 생각이다.

第九章

순정기(純精氣)의 힘

두 사람은 술 마시다 말고 순정기의 정체를 알아내기 위해서 호숫가로 나갔다.

빽!

"으악!"

민수림은 굵은 몽둥이로 진검룡의 등짝을 사정없이 후려갈기고, 그는 죽는다고 비명을 지르며 땅에 나뒹굴었다.

"으그그그… 나 죽네……."

민수림은 착잡한 표정을 지었다.

"피해야지 맞고 있으면 어떻게 해요?"

"으으으… 그렇게 빠른 걸 어떻게 피합니까……?"

민수림은 쓰러져서 꿈틀거리는 진검룡 옆으로 급히 달려가서 쪼그리고 앉았다.

"많이 아파요?"

"으윽… 그럼 안 아프겠습니까……?"

"그러니까 이제 그만해요."

술 마시다가 호숫가로 나와서 진검룡은 이미 몽둥이로 다섯 대나 두들겨 맞았다.

"끄으으… 알아냈습니까……?"

진검룡은 등이 부러지는 것처럼 아파서 말하는데도 몸이 저절로 배배 꼬였다.

민수림은 씁쓸한 표정을 지었다.

"내가 알아내는 게 아니라 검룡이 아까 아침에 했던 것 같은 반응을 보여줘야 해요."

"으으… 어째서 아침에는 됐는데 지금은 안 되는 겁니까? 뭐 잘못 알고 있는 거 아닙니까……?"

그도 아침에 자신이 어떤 신비한 반응을 보였는지 똑똑히 봐서 잘 알고 있지만 괜히 심사가 뒤틀려서 어깃장을 부렸다.

"그만하고 들어가요."

탁!

"더 합시다!"

민수림이 부축해서 일으키자 진검룡이 거세게 그녀를 뿌리치며 외쳤다.

"난 못 하겠어요."

민수림이 돌아서자 진검룡은 땅에 떨어져 있는 몽둥이를 주워서 그녀에게 내밀었다.

"부디 더 해주십시오."

민수림은 괴로운 표정을 지었다.

"못 해요."

비밀을 알아내는 것도 중요하지만 이러다가 진검룡을 병신 만들 것 같았다.

진검룡은 무릎을 꿇고 두 손으로 몽둥이를 떠받들어 바치면서 고개를 숙이고 애원했다.

"수림, 제발 절 때려주십시오."

그때 집 쪽에서 누군가의 떨리는 목소리가 들렸다.

"대사형, 지금 뭐 하시는 거예요……?"

진검룡과 민수림이 쳐다보니까 집 쪽에서 장한지와 독보, 상명이 나란히 서서 경악하는 표정으로 이쪽을 보고 있다.

그들은 밖이 하도 소란스러워서 뛰어나와 본 것이고, 진검룡과 민수림은 자신들이 소란을 피우고 있다는 사실조차 알지 못했다.

"사모님… 너희들……."

상명은 주춤거리면서 다가왔다.

"두 사람 무슨 사이인데 이러는 건가요? 검룡, 너는 어째서 소저에게 때려달라고 비는 거니?"

"사모님, 그게 아니고……."

순간 몽둥이를 쥐고 있는 민수림을 보는 상명의 표정이 홱 바뀌었다.

"설마 두 사람……."

민수림과 진검룡은 상명이 무엇을 상상하는지 짐작조차 하지 못했다.

그렇다고 해도 지금 이 상황보다는 최악이지 않을 것이라고 생각했다.

상명은 경악하는 표정으로 두 사람을 번갈아 쳐다보았다.

"설마 소저는 음학증(淫虐症: 사디즘)인가요……?"

진검룡은 그다지 유식하지 않아서 음학증이 무엇인지 모르지만 단지 기억만 잃었을 뿐 천하의 대학자와 비교해도 부족함이 없는 민수림은 얼굴이 하얗게 질렸다.

"저… 절대 아니에요, 사모님……!"

음학증은 성희(性戱)의 한 방법으로 상대를 학대하면서 성적인 쾌감을 얻는 것을 가리킨다.

상명은 눈물을 펑펑 흘리면서 진검룡을 일으켰다.

"아이고! 검룡아……! 이 못난 놈아……! 맞는 게 그리도 좋더냐? 어흐흑……!"

"사모님……."

진검룡은 영문도 모른 채 상명이 대성통곡하니까 괜히 콧날이 시큰해졌다.

민수림이 상명을 겨우 이해시켜서 돌려보내고 나자 진검룡이 여전히 어리둥절한 표정으로 물었다.

"아까 사모님께서 왜 그러신 겁니까?"

"아… 그거요?"

"말해주십시오."

"됐어요."

"아… 말해주십시오."

민수림이 머뭇거릴수록 진검룡은 더욱 궁금해서 끈덕지게 들러붙었다.

기억을 잃기 전의 민수림이라면 어느 누구도 감히 그녀 앞에서 이런 식으로 불경을 저지르지 못했을 것이다.

설혹 그런 자가 있더라도 '입 닥쳐라' 한마디면 끝이다. 그래도 듣지 않으면 숨통을 끊을 것이다.

그러나 이곳에서의 현실은 사뭇 다르다.

"알았어요."

결국 진검룡의 재촉에 진 민수림은 음학증이 무엇인지에 대해서 되도록 담담하려고 애쓰면서 설명했다.

설명을 듣고 난 진검룡은 눈을 크게 뜨고 놀라는 표정으로 민수림을 쳐다보았다.

"설마 수림, 그런 건 아니겠죠?"

"뭐가 말인가요?"

"수림, 음학증 아니죠? 맞죠?"

아니라는 걸 알고 묻는 것인지 아니면 진짜 모르고 묻는 것인지 진검룡 얼굴에 순진무구함이 짙게 묻어났다.

민수림 이마에 팟! 하고 힘줄이 불거지더니 그녀는 두 손으로 몽둥이를 고쳐 잡았다.

"어디 지금부터 검룡이 직접 몸으로 확인해 볼래요?"

진검룡은 민수림의 두 눈에서 푸르스름한 안광이 뿜어지자 다리가 보이지 않게 도망쳤다.

이후 민수림은 진검룡의 강력한 요구로 그에게 조약돌 던지기를 다섯 차례 시도했다.

그 결과 진검룡은 머리에만 다섯 군데에 짱돌을 맞고 퉁퉁 부어 땅바닥에 뒹굴면서 그만하자고 울부짖었다.

얼굴 여기저기에서 줄줄 피를 흘리면서 술이나 마시자는 진검룡을 따라서 집으로 걸어가는 민수림은 그래도 소기의 목적을 달성했다.

오늘 이른 아침에 진검룡을 시험했을 때 그의 체내의 순정기가 어째서 반응을 했는지 조금 전 조약돌 다섯 개를 다 던지고 나서야 간신히 알아낸 것이다.

민수림은 진검룡이 몽둥이찜질과 짱돌에 박살 나는 과정에는 아무것도 알아내지 못했다.

진검룡이 아프다고 끙끙거리는 모습을 안쓰럽게 바라보다가 문득 어떻게 된 일인지 깨달은 것이다.

애초부터 진검룡을 시험하면 안 된다. 아니, 순정기를 시험하면 안 되는 것이다.

시험이 아니라 진짜 공격을 받으면 진검룡 체내의 순정기가 반응을 할 것이다.

민수림은 그렇게 믿고 직접 시험해 보기로 했다. 아니, 시험하면 순정기가 알아차리니까 진짜 진검룡을 죽일 것처럼 공격을 해야 한다.

"으윽……."

몸이 너무 아파서 제대로 걷지도 못하는 진검룡은 비틀거리면서 집의 모퉁이를 돌았다.

쐐애액!

그때 허공을 갈가리 찢는 날카로운 파공성이 터졌다.

뒤따르고 있는 민수림이 갑자기 진검룡 뒤통수를 향해 지풍을 발출한 것이다.

민수림은 몹시 갈등하다가 지풍을 발출한 것이다. 왜냐하면 단지 위협이 아닌 정말로 진검룡을 죽이려는 독한 마음으로 공격을 해야 하기 때문이다.

그렇게 하지 않으면 절대로 순정기가 반응하지 않을 것이라고 판단했다.

지풍이 진검룡의 뒤통수를 향해 쏘아가고 있는 이 순간에도 민수림은 공격을 거둘 것인지 그냥 놔둘 것인지 첨예하게 갈등하고 있는 중이다.

만에 하나 순정기가 발동하지 않아서 지풍을 막지 못한다면 진검룡은 뒤통수가 관통되어 죽고 말 것이다. 민수림의 지풍에 죽는 어이없는 상황이 벌어진다는 뜻이다.

그렇다고 지금 지풍을 거두면 진검룡 체내의 순정기가 정확히 어떤 일을 하는지 알아내지 못하게 된다.

그 순간 민수림의 얼굴이 차갑게 변했다. 그것은 기억을 잃은 민수림의 얼굴이 아니라 매우 낯선 모습이다.

그녀 자신은 느끼지 못하지만 바로 지금 이 순간 그녀의 오랜 습성이 드러난 것이다.

상대를 죽이더라도 목적을 이루고야 말겠다는 냉혹한 승부사적인 습성이다. 그것은 성격하고는 다르다. 지위와 신분이 만들어낸 오랜 습성인 것이다.

이 결정적인 순간에 민수림은 잠시 사라지고 절대자의 기상이 홀연히 나타났다.

뒤쪽에서 파공성을 감지한 진검룡은 움찔 놀랐으나 너무도 자연스럽게 오른손이 파공성을 향해 뻗어 나갔다.

만약 민수림이 그를 죽이겠다는 각오를 하지 않았다면 진검룡이, 아니, 순정기가 이런 반응을 하지 않았을 것이다.

그의 얼굴은 분명히 소스라치게 놀라는 표정인데 오른손은 너무도 능숙하게 대처를 하고 있다. 얼굴은 진검룡이고 오른손은 순정기인 것이다.

비유움!

그러더니 그의 검지와 중지에서 두 줄기 각기 다른 색의 빛줄기가 폭발하듯이 뿜어졌다.

은은한 붉은 기운과 흐릿한 백색의 기운 두 줄기이며 발출할 때는 한 줄기였으나 곧 두 줄기로 갈라져서 다른 방향으로 뿜어졌다.

쩌어엉!

백색의 기운이 민수림이 발출한 지풍을 정통으로 맞혀서 무력화시켰다.

그와 동시에 붉은 기운은 그대로 그녀의 얼굴을 향해 뿜어져 나가는데 그 속도가 가히 빛살이다.

붉은 기운이 두 자까지 쇄도하자 민수림은 얼굴에 뜨거운 기운이 생생하게 느껴졌다.

붉은 기운은 만천극렬수의 순정기이기 때문이다. 만약 거기에 적중된다면 얼굴만이 아니라 온몸이 한 줌의 재로 화하고 말 것이다.

민수림이라고 해도 절대 쉽사리 피하거나 막지 못할 느닷없는 반격이다. 이것까지는 예상하지 못했다.

일순 그녀는 조금 당황해서 이 상황을 어떻게 대처해야 할지 찰나지간 고민했다.

그런데 그 순간 정확하게 그녀의 이마에서 백색의 기운이 뿜어졌다.

비웅!

쩌어엉!

그러더니 그녀의 얼굴 한 자 앞까지 쏘아오고 있는 붉은색 빛살을 정통으로 맞혔다.

그녀는 두 줄기 기운이 격돌하는 순간 뜨거움과 차가움을 한꺼번에 느꼈다.

'아……'

민수림은 순간적으로 어리둥절했다.

그녀는 방금 전 진검룡이 발출한 두 줄기 빛살 즉, 만천극 렬수의 순정기에 자신이 적중될지도 모른다고 생각했는데 그녀가 어떤 대처를 하기도 전에 그녀의 몸에서 지정극한수의 순정기가 뿜어져서 그녀를 구해주었다.

그 덕분에 그녀는 잊고 있었던 사실 즉, 그녀 자신의 체내에도 만천극렬수와 지정극한수의 순정기가 잠재되어 있다는 것을 새삼스럽게 깨달았다.

한바탕 괴이한 일을 겪은 진검룡이 어리둥절한 표정을 지으며 쳐다보았다.

"방… 금 그거 뭡니까?"

"순정기예요."

민수림의 얼굴에 비로소 안도의 표정이 드리워졌다. 진검룡의 순정기가 제대로 반응한다는 사실을 알았기 때문이다. 이제는 안심이다.

　그러나 진검룡은 더욱 궁금한 표정을 지었다.

　"순정기가 뭡니까?"

　민수림은 다시 술을 마시면서 진검룡에게 순정기에 대해서 자세히 설명해 주었다.

　진검룡은 자신의 체내에 만천극렬수와 지정극한수의 순정기라는 것이 잠재되어 있다는 사실을 충분히 이해했으면서도 쉽사리 믿으려고 들지 않았다. 믿어지지가 않기 때문이다.

　"수림, 그게 정말입니까?"

　진검룡이 다섯 번째 확인하듯이 물었을 때에도 민수림은 조금도 귀찮게 여기지 않고 차분히 대답해 주었다.

　"틀림없는 사실이에요."

　진검룡은 흥미진진하고 긴장된 표정으로 바싹 다가앉으며 눈을 빛냈다.

　"수림, 만천극렬수와 지정극한수에 대해서 좀 더 자세히 설명해 주겠습니까?"

　"알겠어요."

　　　　　*　　　　　*　　　　　*

민수림은 한 시진에 걸쳐서 만천극렬수와 지정극한수에 대해서 자세히 설명했다.

그걸 설명하려면 삼라만상의 원리와 이치, 음양의 법칙에 대한 설명을 기본적으로 바탕에 깔아야만 한다.

그러지 않으면 만천극렬수와 지정극한수가 어떻게 생성되며 어떤 역할을 하는지 이해하지 못하기 때문이다.

더구나 평소에 학문하고는 아예 담을 쌓고 살았던 진검룡에겐 더욱 그렇다.

한 가지 다행스러우면서도 놀라운 사실은 진검룡이 워낙 기억력이 탁월하고 총명해서 무엇이든 딱 한 번만 설명하면 다 기억을 해버릴 뿐만 아니라 길게 설명하지 않아도 잘 이해한다는 사실이다.

설명을 다 듣고 난 진검룡의 눈빛은 설명을 듣기 전하고 많이 달라졌다.

그의 눈빛과 표정은 민수림이 오래전 어린 시절에 존경하는 고매한 스승 앞에서 학문의 오묘함을 느끼면서 지었을 그런 것이었다.

"음… 그러니까 그게 그렇게 된 것이었군요."

민수림은 한 시진 전에 학문적으로 거둔 동갑내기 제자를 흐뭇한 미소를 지으면서 바라보았다.

진검룡은 매우 진지한 표정이고 그의 시선은 맞은편 허공의 한 점에 고정되어 있다.

그것은 그가 깊은 생각에 잠겨 있다는 뜻이고, 지금 여러 깨달음을 얻고 있다는 의미다.

"처음에 온천탕에 앉아 있는 저를 수중 동굴이 터지면서 느닷없이 덮친 것이 만천극렬수이고 그다음이 지정극한수였다는 거로군요?"

"그렇죠."

"흠, 그렇다면 수림은 지정극한수가 뿜어지는 수중 동굴을 통해서 온천탕 밖으로 튀어나왔겠군요?"

민수림은 설명을 하다 보니까, 그리고 진검룡의 말을 들으면서 그랬을 것이라는 생각이 들었다.

그런데 지난번에 그녀는 왔던 곳으로 되돌아간답시고 만천극렬수가 나온 수중 동굴로 뛰어들었었다.

"우리 두 사람이 계류 상류의 소 밑바닥에 가라앉아 있었다고 했었습니까?"

"네."

고개를 끄떡이면서 민수림은 왠지 기분이 싸하면서 불길한 느낌이 들었다. 진검룡은 고개를 끄떡이고 나서 물었다.

"누가 먼저 가라앉아 있었습니까?"

"무… 슨 소리예요?"

민수림은 깜짝 놀랐다. 이때부터 그녀는 서서히, 그리고 조금씩 당황하기 시작했다.

그러나 처음에는 아주 조금 당황했기에 진검룡이 미처 눈치채지 못했다.

"제 기억으로는 제가 온천탕에 앉아 있을 때 제 아래쪽에서 만천극렬수가 먼저 터졌습니다."

"그랬나요?"

이렇게 말할 때의 진검룡은 천하의 어느 대학자 못지않게 진지하고 총명한 모습이다.

"그래서 제가 만천극열수와 함께 온천탕 밖으로 날아갔던 것입니다. 그렇죠?"

민수림은 아무 말도 하지 않고 그저 고개만 끄떡였다. 자신이 말할 분위기가 아닌 것 같았다.

이 상황에 자칫 말실수라도 했다가는 원하지 않는 상황이 전개될지도 모른다고 본능적으로 느꼈다.

"그 당시에 저는 용암처럼 뜨거운 기운 속에 담겨서 허공을 날아갔던 겁니다."

허공을 쳐다보던 진검룡이 민수림을 쳐다보았다.

그런데 왠지 그의 눈길이 비수처럼 날카롭게 느껴지는 민수림이다.

"바로 그때 뒤에서 얼음보다 백배는 더 차가운 무엇이 저를 덮쳤습니다. 그게 지정극한수였군요. 그렇죠?"

"아마 그… 렇겠죠?"

"그리고 거기에 수림이 실려 온 거였고요? 두 번째 수중 동굴로 튀어나와서 말입니다."

"글쎄요……."

"그런 식이라면 제가 소에 떨어지자마자 수림이 곧장 뒤따라서 떨어지지 않았을까요? 그 상황에서 어쩌면 수림이 저를 덮쳤을 수도 있습니다."

"더… 덮치다뇨?"

"얘기가 그렇다는 겁니다. 수림, 당황하셨어요?"

"다… 당황은 무슨……."

진검룡은 비약적으로 똑똑해진 것 같았다. 민수림은 호랑이 새끼를 키운 것이다.

그는 눈도 깜빡거리지 않고 똑바로 민수림을 주시했다.

"그런데 말입니다. 이상하지 않습니까?"

"뭐가요?"

"처음에 저를 덮친 것은 만천극렬수이고 수림은 지정극한수인데 어째서 나중에는 우리 두 사람 체내에 만천극렬수와 지정극한수의 순정이가 다 들어갔을까요?"

"딸꾹~!"

토끼 눈처럼 눈을 동그랗게 뜬 민수림이 느닷없이 딸꾹질을 했다.

진검룡은 그녀가 딸꾹질을 하거나 말거나 매우 해맑은 표정으로 말을 이었다.

"도대체 소에서 무슨 일이 있었던 것인지 궁금합니다. 저는 소에 떨어지기 전에 혼절했었는데 수림은 그때 깨어 있었습니까? 필경 소 안에서 우리 둘 사이에 무슨 일이 벌어졌었기 때문에 우리 두 사람 체내에 만천극열수와 지정극한수의 순정기가 고루 들어간 것이 아니겠습니까? 수림은 그렇게 생각하지 않습니까?"

민수림은 조금쯤 포기한 기분으로 대답했다.

"나도 혼절했어요."

"저보다 먼저 깨어났었죠?"

"딸꾹~!"

사실 진검룡은 그녀의 대답을 진지하게 원하지는 않았다. 그저 자신의 추리를 장황하게 이어나가는 과정에서 스스로 해답을 구할 수 있기를 원하고 있었다. 원래 전형적인 탐구파 학자가 그렇다.

"수림이 깨어났을 때 우린 어떤 상황이었습니까?"

"상황이라니……."

"우리 둘 다 소의 밑바닥에 가라앉아 있었다는 것은 들어서 알겠는데 자세 말입니다. 우리가 어떤 자세로 있었기에 각기 다른 순정기가 서로에게 전해진 것인지 궁금합니다."

"딸꾹~!"

진검룡은 학문 탐구의 세계에 깊숙이 들어왔다. 그의 얼굴은 진지하다 못해서 목과 이마에 불끈 핏대가 튀어나왔다.

"수림, 원래 극양과 극음이 만나면 서로 밀어냅니까? 아니면 찰싹 달라붙습니까?"

그래서 결국 진실의 문 앞까지 와버렸다.

"딸꾹~! 딸꾹~!"

수림은 딸꾹질을 해대며 술잔을 입으로 가져가서 단숨에 마시고는 벌떡 일어섰다.

"피곤해요. 이제 그만 자야겠어요."

이렇게 하지 않으면 그녀는 극양과 극음이 만나면 아예 찰떡처럼 들러붙는 성질이 있으며, 그래서 우리가 처음 만났을 때 그 성질 때문에 우리 두 사람의 몸 앞면이 한 몸처럼 붙어 있었다고 말해줄 것만 같았다.

진검룡은 의아한 표정을 지었다.

"여태 괜찮았는데 어째서 갑자기 피곤해지는 겁니까?"

"피곤한 데 이유가 있나요? 자야겠으니까 어서 나가요."

민수림의 목소리가 차가워졌다.

"아… 알겠습니다."

진검룡은 주눅이 들어서 방을 나갔다.

민수림이 침상에 누워서 가슴을 쓸어내리고 있을 때 방문 밖에서 진검룡의 조용한 목소리가 들렸다.

"저… 수림, 거긴 내 방인데요?"

민수림은 어지러운 듯 손으로 이마를 만졌다.

'아… 빨리 기억을 되찾고 싶어……!'

진검룡과 민수림, 그리고 독보 세 사람은 항주에 인접한 전당강(錢塘江)으로 배를 사러 갔다.

진검룡과 독보가 원래 몰고 다녔던 낡은 소형 운송선을 잔지 패거리에게 뺏겼고 놈들이 그걸 팔았으니까 이제는 되찾을 수가 없다.

돈이 많은데 뺏긴 배보다 더 크고 좋은 배를 새로 사면 될 일이지 구태여 힘들어서 배를 찾을 필요가 없다.

예전 배는 돛 하나에 물살을 젓는 노가 하나뿐이어서 한 시진에 채 오 리도 가지 못할 정도로 느려 터졌었다.

또한 선실이라고 할 것도 없는 움막 하나에 길이 삼 장, 폭 일곱 자여서 큰 짐 서너 개만 실으면 배가 한쪽으로 기우뚱 크게 기울어져 운항이 매우 어려웠었다.

결과만 말하자면 진검룡 일행은 전당강의 각종 배들을 파는 곳에서 썩 만족할 만한 배를 한 척 샀다.

배에 대해서는 진검룡이 잘 알지만 배를 직접 몰고 다니는 사람은 독보다.

길이가 무려 육 장에 폭 일 장, 일 층과 이 층 두 개의 선실까지 있다.

길이가 꽤 긴 편인데 그에 비해 폭이 좁은 이유는 그래야지만 항주 성내의 수많은 강과 운하들을 원활하게 잘 다닐 수 있기 때문이다.

배의 길이는 상관이 없는데 선폭(船幅)이 넓으면 운하와 수로가 많은 항주 성내를 왕래하는 데 지장이 많다.

게다가 새로 산 배는 높은 돛이 두 개나 되고 전노와 후노 노가 두 개라서 돛을 펼 수 없는 곳에서 노를 저으면 속도가 빠를 것이다.

 배가 전체적으로 길쭉하고 미끈하게 잘빠져서 유달리 배를 좋아하는 독보가 신바람이 났다.

 뱃값은 자그마치 은자 육백 냥이다. 예전 같으면 꿈조차 꾸지 못할 어마어마한 금액이지만 진검룡은 눈 하나 까딱하지 않고 대금을 치렀다.

 예전 배를 몰던 독보가 새 배도 몰았는데 처음에는 서툴더니 전당강에서 하천과 운하, 수로를 통해서 서호의 집에 도착할 때쯤에는 제법 능숙하게 배를 몰게 되었다. 원래 좋은 배는 몰기도 쉬운 법이다.

 집에 도착하니까 상명과 장한지가 새 배를 구경하러 한달음에 뛰어나왔고, 독보는 그녀들을 이끌고 배의 곳곳을 안내하면서 자랑하느라 신바람이 났다.

 진검룡과 민수림은 그 모습을 보면서 미소 짓다가 어느 순간 슬쩍 다른 곳으로 향했다.

 진검룡의 순정기를 본격적으로 연마하기 위해서다.

 보름 후.

 겨울 오전의 제법 쌀쌀해진 날씨 속에 진검룡과 민수림 두 사람이 항주로 외출을 나섰다.

민수림은 아무리 추운 겨울이라도 얇은 옷이면 충분한데도 무림인으로 보이기가 싫어서 진검룡이 시키는 대로 두꺼운 누비솜 옷을 입었다.

진검룡도 옷 색깔까지 같은 옷을 입었기에 두 사람의 모습은 마치 두 마리 곰이 걸어가는 것 같았다.

민수림이 맨얼굴로 돌아다니면 항주 성내에 난리가 벌어질 것 같아서 두 사람 다 똑같은 모자를 쓰고 깃을 한껏 높여 얼굴을 거의 가렸다.

두 사람은 항주 성내 용정서가에 위치한 예전 청풍원이 있는 곳으로 가는 길이다.

용정서가에는 상량천을 따라서 두 개의 길이 있으며 상량천 가까운 쪽이 폭 넓은 대로이고 뒤쪽 길이 그보다 절반 정도 좁은 폭의 뒷길인데 앞쪽 대로를 용정대로(龍井大路), 뒷길을 용정중로(龍井中路)라고 부른다.

예전 청풍원은 뒷길인 용정중로에 있다.

진검룡과 민수림은 청풍원 맞은편 주루 이 층 창가 자리에 앉아서 밖을 내다보고 있다.

두 사람은 이른 아침에 일어나서 한바탕 순정기 훈련을 하고 아침 식사를 맛있게 먹었다.

그런데 이곳까지 걸어오면서 이리저리 산천경개를 구경했기 때문에 소화가 거의 다 돼서 조금 허기를 느꼈다.

탁!

점소이가 주문한 생선탕과 오리구이를 탁자에 내려놓고 가려는데 민수림이 진검룡을 쳐다보았다.

진검룡은 그녀가 왜 자신을 쳐다보는지 즉시 알아차리고는 점소이에게 주문했다.

"백로주(百露酒) 가져오게."

"백로주라고 하셨습니까요?"

"그래."

점소이는 눈을 크게 뜨며 놀랐다. 백로주는 한 병에 은자 닷 냥짜리로 이 주루에서 가장 비싼 술이기 때문이다.

민수림은 점소이가 왜 놀랐는지 그가 공손히 가져다준 술을 한 잔 마셔보고서야 알게 되었다.

"이 술은 정말 맛있군요. 나는 술이 맛있다는 사실을 이 술을 마셔보고서야 처음 알았어요."

민수림이 감탄하자 진검룡은 흐뭇하게 미소 지었다.

"수림을 위해서 대접하는 겁니다. 많이 들어요."

민수림 얼굴에 고마움이 역력하게 떠올랐다.

"고마워요."

진검룡이 그녀에게 얼굴을 가까이 가져가며 진지한 표정으로 물었다.

"기분 좋습니까?"

"네."

"그럼 그날 소 밑바닥에서 무슨 일이 있었는지 말해주시겠습니까?"

두 번째 술을 따르던 민수림의 동작이 뚝 정지했다.

그리고 술병에서 술잔으로 흘러내리는 마지막 술 한 방울이 진검룡에게 그리 빠르지 않은 속도로 날아갔다.

띵…….

그리고는 술 방울이 그의 귓밥을 퉁기더니 안개처럼 흩어지며 사라졌다.

"으으……."

진검룡은 귀가 떨어져 나가는 것 같은 아픔에 두 손으로 귀를 감싸며 오만상을 썼다.

민수림은 염려스러운 표정을 지었다.

"많이 아파요?"

"내 귀가 제대로 붙어 있습니까? 으으……."

민수림은 진심으로 걱정하는 표정을 지었다.

"그러니까 술 마실 때는 쓸데없는 말 하지 마세요."

"그게 어째서 쓸데없는 말……."

"스읍!"

"아… 알았습니다. 으으……."

第十章

복수 제일보(第一步)

예전 진검룡의 사문인 청풍원은 현재 비응보의 용정분타로 변해 있었다.

용정분타의 전문은 활짝 열려 있으며 전문 양쪽에 네 명의 무사가 지키고 서 있다.

"비응보에 대해서 말해주세요."

민수림이 술잔을 입에 대고 창밖 아래 거리의 용정분타를 응시하면서 말하자 진검룡은 고개를 갸웃거렸다.

"항주의 오대방문파 중 하나입니다."

민수림이 그를 바라보았다.

"비응보의 세력권이 어떻게 형성되었는지, 그들이 하고 있는 사업, 다른 방파나 문파들하고의 관계 같은 것에 대해서는 모르나요?"

진검룡은 어눌한 표정을 지었다.

"그런 걸 알아야 합니까?"

"백수지왕 호랑이는 한낱 토끼를 사냥할 때에도 최선과 전력을 다해요."

그 말뜻을 알아듣지 못할 진검룡이 아니다. 적을 모르면서 어떻게 복수를 하겠느냐는 꾸짖음이다.

진검룡이 즉시 일어섰다.

"당장 알아 오겠습니다."

"그러세요."

진검룡은 민수림이 자신을 잡을 줄 알았는데 그러지 않자 그대로 주루를 나섰다.

그는 거리로 나서 걸으면서 곰곰이 생각을 해봐도 민수림의 말이 백번 옳다.

하다못해 장사나 운송업을 해도 경쟁자들에 대해서 빠삭하게 알아야 하거늘 하물며 목숨이 걸린 복수를 하려는 것인데 여북하겠는가.

진검룡은 한 시진 만에 주루로 돌아왔다.

그사이에 민수림은 백로주를 두 병이나 더 주문해서 혼자 다 마셨다.

"나는 술꾼이었나 봐요."

그녀는 조금도 취하지 않은 말짱한 얼굴로 진검룡을 보며 배시시 미소 지었다.

그런 그녀를 진검룡은 몽롱한 표정으로 바라보았다.

"왜 그래요?"

"아… 닙니다."

조금 당황한 진검룡은 '앗! 뜨거워라!' 즉시 시선을 창밖으로 던지며 딴청을 피웠다.

아무리 봐도 민수림이 지독하게 아름답다는 말을 제정신으로는 할 수가 없기 때문이다. 아니, 아무리 술이 취해도 그런 말은 못 할 것 같다.

"알아봤나요?"

비응보에 대해서 알아봤느냐는 얘기다.

"네."

진검룡은 비응보에 대한 몇 가지 사실들을 알아내는 데 별다른 어려움이 없었다.

항주 성내에서 비응보가 워낙 유명하기에 비응보에 대한 것들은 별 노력을 기울이지 않고서도 꽤 많은 것들을 알아낼 수 있었다.

그러니까 오래전부터 그가 조금만 노력을 기울였더라면 비응보에 대해서 많은 것들을 알아낼 수 있었을 것이라는 사실을 깨닫고는 자신의 머리를 몇 대나 쥐어박아야 했다.

그는 사부가 죽고 청풍원을 빼앗긴 것에 대해서 언젠가는 반드시 복수하겠다고 마음속으로 별렀으나 정작 자신이 한 것은 아무것도 없다는 사실을 이번에야 절실하게 깨달았다.

실제로 그는 비응보에 대해서 아무것도 모르고 있었으며 민수림이 알아보라고 해서야 비로소 이리저리 돌아다니며 몇 가지 사실들을 알아냈다.

그것은 도대체 비응보에 복수를 하려는 사람의 자세라고 할 수가 없는 것이다.

또한 그것은 한 가지 사실을 명학하게 했다. 그는 막연하게 복수를 할 것이라고 생각만 했을 뿐이지 복수에 대한 아주 작은 일조차도 실행에 옮기지는 않았다는 사실이다.

상명과 장한지, 독보 등 가족을 먹여 살리느라 눈코 뜰 새 없었다는 것은 변명일 뿐이다.

민수림은 진검룡의 표정에서 그가 지금 어떤 심정인지를 간파한 것 같았다.

그래서 캐묻지 않고 그가 마음을 가라앉힌 후에 스스로 입을 열 때까지 기다려 주었다.

진검룡과 민수림은 백로주를 두 병 더 마시고 나서야 주루에서 나왔다.

아니, 진검룡은 비응보에 대해서 한 시진 동안 알아보러 다녔으며 그 결과를 민수림에게 설명하느라 술을 거의 마시지 않았고 그녀 혼자 다섯 병을 거의 다 마셨다.

주루를 나설 때 진검룡은 민수림이 취하지 않았을까 걱정하여 유심히 살펴보았다.

그런데 그녀는 걸음걸이나 행동이 전혀 흐트러지지 않았고 눈빛도 평소처럼 맑게 반짝거렸다.

참고로 술이 센 편인 진검룡이라고 해도 백로주를 두 병 정도 마시면 뻗을 것이다.

백로주가 워낙 비싼 탓에 여태 한 번도 마셔본 적이 없지만 다른 술에 견주어 봤을 때 그럴 것이라는 얘기다.

진검룡이 한 시진 동안 돌아다니며 비응보에 대해서 알아낸 가장 큰 사실이 하나 있다.

비응보 위에 오룡방(五龍幇)이 버티고 있다는 사실이다.

오룡방이 항주제일방파라는 사실은 천하가 다 알고 있다.

물론 오룡방이 항주제일방파이기 때문에 항주에 적을 두고 있는 모든 방파와 문파들이 오룡방 아래에 있는 것은 모두 인정하고 있는 사실이다.

진검룡도 그렇게 알고 있었다. 그런데 이번에 새로 알게 된 사실은 그가 알고 있던 것과 달랐다.

항주에는 크게 양대방파(兩大幇派)와 오대중방파(五大中幇派), 십이소방파(十二小幇派)가 버티고 있다.

오룡방과 금성문(金星門)이 양대방파이며 비응보와 연검문을 비롯한 세 방파가 오대중방파에 속하고 그들보다 절반 규모인 방파가 십이소방파인데 과거 청풍원은 여기에 속하지도 못할 정도로 작은 무도관이었다.

항주양대방파인 오룡방은 항주의 실질적인 최대방파이고 금성문은 세력권이나 영향력 같은 것을 행사하지 않는, 오로지 무학만을 숭상하는 문파다.

각설하고, 오룡방은 오래전부터 항주를 완벽하게 손아귀에 장악하려고 무던히 노력했으며 그 결과 현재는 오대중방파의 비응보와 전도부(電刀府). 교룡방(蛟龍幇). 십이소방파의 여섯 개 방파를 휘하에 두게 되었다.

중요한 사실은 비응보가 청풍원을 멸문시켰을 당시에 그들이 오룡방 휘하였다는 것이다.

그러니까 비응보가 청풍원을 멸문시킨 것은 비응보 단독 행동이 아닐 가능성이 있다는 뜻이다.

진검룡과 민수림은 과거 청풍원이었으며 현재는 비응보 용정분타가 된 곳 전문을 향해 똑바로 걸어갔다.

저벅저벅…….

민수림은 발소리가 일절 나지 않지만 진검룡의 발소리가 마른 바닥을 울렸다.

두 사람은 오늘 비응보를 살짝 흔들어줄 계획이다. 물론 민수림의 발상이다.

그렇게 해서 비응보가 어떻게 나오는지, 아니면 오룡방이 나설지 두고 보려는 것이다.

둘 다 나서지 않으면 용정분타를 되찾는 것으로 일단 마무리를 할 계획이다.

용정분타의 전문은 활짝 열려 있으며 때때로 여러 종류의 사람들이 출입을 하고 있었다. 여러 종류라고 하지만 대부분 장사꾼들이다.

비웅보는 용정교 일대의 사업을 맡기기 위한 분타가 필요했었고 그래서 청풍원을 강탈했던 것이다.

당시 청풍원은 다섯 개의 자그마한 점포를 운영하고 있었으나 멸문하면서 비웅보에게 다 뺏겼다.

민수림은 일단 용정분타를 쳐서 빼앗겼던 사업을 회복하는 것으로 복수의 제일보를 삼자고 했다.

용정분타 전문을 양쪽에서 지키는 네 명의 비웅보 호위무사는 저희들끼리 키득거리고 떠드느라 진검룡과 민수림이 전문을 통과하는데도 신경을 쓰지 않았다.

그들은 진검룡과 민수림을 봤지만 별로 개의치 않았다. 워낙 드나드는 사람들이 많아서 두 사람도 볼일이 있어서 왔겠거니 여긴 것이다.

진검룡은 삼 년 만에 이곳에 들어오는 터라서 감회가 남달라 연신 주위를 두리번거렸다.

다른 사람 같으면 의심을 받으니까 자꾸 두리번거리지 말라고 핀잔을 주겠지만 민수림은 전혀 그에게 뭐라고 하지 않고 내버려 두었다.

그녀의 그런 모습이 바로 진정한 강자의 여유다.

용정분타는 말이 비응보의 분타지 얼핏 보면 웬만한 규모의 표국 같았다.

마당 여기저기에는 물건들이 산적해 있고 연신 사람들이 물건을 싣고 드나들기 때문이다.

전문과 마찬가지로 진검룡과 민수림이 전각 안으로 들어가는데도 아무도 제지하지 않았다.

비응보 용정분타주 황우돈(黃宇敦)은 골머리를 끙끙 앓고 있는 중이다.

일전에 상사의 명령을 받고 잔지 패거리에게 은밀하게 일거리 하나를 맡겼는데 그게 성공하나 싶더니 그저께 밤에 박살나버린 것이다.

일거리란 다름이 아닌 연검문 소문주와 십엽루주의 딸을 납치하여 감금해 두는 것이었다.

그렇게 하면 비응보에서 그것으로 협박하여 연검문과 십엽루를 집어삼키려는 속셈이었다.

그런데 그저께 밤에 잔지 패거리가 몰살당했으며 지하 석실에 감금되어 있던 연검문 소문주와 십엽루주의 딸이 감쪽같이 사라져 버린 것이다.

나중에 알아보니까 그 두 사람은 무사히 연검문과 십엽루에 돌아갔다는 것이다.

그러고는 자신들을 납치한 것이 잔지 패거리이며 자신들이 감금됐던 장소가 잔지장 지하 석실이었다면서, 연검문과 십엽루가 대대적인 조사에 들어갔다고 한다.

그 일은 이미 항주 성내에 소문이 파다해서 일부러 알아보지 않아도 알 수 있다.

사실 연검문 소문주와 십엽루주의 딸을 납치한 것은 비응보 일류고수의 솜씨였다.

이후 연검문 소문주와 십엽루주의 딸을 비응보에서 데리고 있을 수 없어서 용정분타주 황우돈에게 맡겨졌다.

그래서 그는 평소 하수인 노릇을 자주 해온 잔지 패거리 파두 칠지잔웅에게 두 사람을 맡겼던 것이다.

탕!

"으으으… 빌어먹을! 도대체 어떤 놈들이 그런 짓을 했다는 말인가?"

의자에 깊이 몸을 묻고 앉아 있는 황우돈은 생각할수록 부아가 치민다는 듯 주먹으로 탁자를 내려치며 중얼거렸다.

실내에는 부분타주와 조장 두 명이 서 있으며 황우돈의 눈치만 살필 뿐이지 아무 말도 못 하고 있다.

황우돈은 오늘 아침에 비응보에 불려 갔다가 그 일의 담당자인 제삼당주에게 눈물이 쑥 빠질 정도로 치도곤을 당하고 용정분타로 돌아왔다.

그렇다고 해서 두들겨 맞거나 어떤 모진 형벌을 당한 것은 아니다. 비웅보로서는 그가 중죄를 지었는데도 비웅보에서 벌을 내리지 않은 것은 그가 예뻐서가 아니다.

일단 그가 움직여야지만 사건을 해결할 수 있을 테니까 한시적으로 말미를 주었을 뿐이다.

그 말미가 앞으로 사흘이다. 그때까지 잔지 패거리를 몰살시킨 것이 누군지 알아내지 못한다면 황우돈은 온갖 죄목이 붙어서 필경 살아남지 못하게 될 것이다.

"휴우우······."

그는 고개를 들고 씩씩거리다가 저만치에 전전긍긍하고 있는 부분타주와 두 명의 조장을 쏘아보았다.

자신의 시선을 받자마자 움찔 몸을 떠는 무능력한 그들이 패 죽이고 싶도록 가증스러웠으나 지금은 그럴 때가 아니고 그럴 기운도 없다.

"이런 밥버러지 같은 놈들······!"

황우돈은 다짜고짜 욕을 퍼부었다.

"당장 나가서 잔지 패거리를 몰살시킨 자가 누군지 알아 오지 않고 뭘 빌빌거리고 있는 것이냐?"

"네··· 넷!"

"명을 받듭니다!"

부분타주와 두 명의 조장으로서도 분타 밖에 나가봐야 별뾰족한 방법이 없을 테지만, 여기에서 분타주 눈치를 보면서 얼쩡거리고 있다가는 제명에 못 죽을 것 같아 굽실거리며 서둘러서 문으로 몰려갔다.

척!

그때 문이 벌컥 열리면서 민수림이 앞서고 진검룡이 뒤따라서 안으로 불쑥 들어왔다.

부분타주와 두 명의 조장은 진검룡과 민수림을 보고 '어?' 하는 표정을 지었다.

"뭐냐?"

두 사람이 입은 복장으로 미루어 용정분타 휘하 무사는 아니기에 조장 한 명이 뜨악한 얼굴로 물었다.

용정분타주의 방으로 곧장 쳐들어온 진검룡은 극도로 긴장한 상태라서 와들와들 떨지 않는 것만으로도 다행이라 대답을 하지 못하고 눈만 부릅뜨고 있었다.

민수림은 차분한 얼굴로 실내를 둘러보고는 천천히 황우돈에게 걸어갔다.

부분타주와 두 명의 조장은 순간적으로 지금 벌어지고 있는 상황을 제대로 이해하지 못했다.

부분타주와 두 명의 조장쯤 되고 나면 사람을 두 종류로 분류하는 능력이 생긴다.

자신들이 마음대로 다루어도 되는 아랫것들과 그래서는 안 되는 윗분들이다.

언제나 아랫것들은 설설 기고 윗분들은 그들을 설설 기게 만드는 힘이 있다.

그들이 보기에 방금 실내로 들어선 두 사람은 아무래도 윗분들인 것 같았다.

왜냐하면 감히 부분타주와 조장들을 보고서도 외눈 하나 까딱하지 않았기 때문이다.

더구나 조장이 '뭐냐?'라고 물었는데도 대꾸조차 없이 곧장 분타주에게 걸어가다니 통상적으로 이럴 수 있는 사람은 비웅보에서 온 윗분이 분명하다.

*　　　*　　　*

진검룡은 실내의 복판에 혼자 서 있고 민수림이 황우돈에게 걸어가 그의 앞에 섰다.

그녀는 팔짱을 끼고 황우돈을 보며 말했다.

"내 말을 들으면 살려주겠거니와 아니면 죽이겠다."

"……."

들으면 삭신이 녹아내리는 것처럼 감미로운 목소리인데도 말의 내용은 무척 섬뜩하다.

황우돈 역시 부분타주와 두 명의 조장이 생각한 것과 별반 다르지 않다.

그도 민수림과 진검룡이 비웅보, 아니면 오룡방에서 온 윗분이라는 생각이 들어서 자리에서 엉거주춤 일어나 두 손을 비비고 있는 중이다.

그가 그렇게 착각할 수밖에 없는 또 하나의 결정적인 이유는 민수림의 너무도 격조 높은 우아한 목소리 때문이다.

대저 그런 천상의 목소리는 황족이나 절대자에게서나 나는 것이라고 믿고 있기 때문이다.

진검룡은 민수림을 따라서 용정분타주의 방 한복판에 서 있는 것만으로 이미 용감무쌍한 행동을 보이고 있는 것이므로 그에게 더 이상의 행동을 바라는 것은 무리다.

황우돈은 옷깃으로 얼굴의 아래를 가리고 모자로 이마를 가린 탓에 간신히 드러난 너무도 아름다운 민수림의 한 쌍의 눈을 보면서 더듬거렸다.

"말… 씀하십시오."

진검룡은 민수림을 쳐다보는 한편 부분타주와 두 명의 조장을 분주하게 살피느라고 눈동자 굴러가는 소리가 시끄럽게 들릴 지경이다.

민수림이 예의 차분하고 고결한 목소리로 말했다.

"용정분타를 우리가 접수하려고 하는데 너희들의 협조가 필요하다."

"……."

비웅보 혹은 오룡방에서 오신 윗분들이 어째서 용정분타를 접수하려는 것인지 황우돈과 부분타주 등은 그때부터 머리 깨지게 생각에 잠겼다.

한참 만에 황우돈이 제일 먼저 현실을 깨우쳤다.

"귀하는 누구십니까?"

지금에 와서야 민수림과 진검룡이 어쩌면 비응보에서 오신 윗분이 아닐지도 모른다고 조심스럽게 생각한 것이다.

"나는 민수림이야. 그리고 저 사람은……."

민수림이 말하고 난 후 진검룡을 쳐다보았다.

진검룡은 지금이 매우 중요한 순간이라고 인식하여 아랫배에 불끈 힘을 주었다.

"나는 전 청풍원주 장도명의 대제자 진검룡이다."

그는 배에 너무 힘을 준 탓에 목소리가 갈라졌고 방귀가 나오려고 했다.

"……."

실내에 산들바람이 부는 듯 고요한 적막감이 내려앉았다.

그 적막을 깬 사람은 진검룡과 가장 가까이 서 있는 부분타주였다.

"누구라고?"

"나는 전 청풍원주 장도명의 대제자 진검룡이다."

진검룡은 방금 전에 했던 말을 토씨 하나 틀리지 않고 다시 말해주었다.

황우돈이 민수림을 쳐다보면서 어떻게 된 일이냐는 듯 진검룡을 가리켰다.

민수림은 어깨를 으쓱했다.

"그렇다는데?"

황우돈은 후다닥 뒤로 물러나면서 버럭 외쳤다.

"이런! 네놈들, 대체 누구냐?"

조금 여유를 찾은 진검룡이 조롱하듯이 말했다.

"방금 말했잖느냐? 저분은 민수림이고 나는 전 청풍원주 장도명의 대제자 진검룡이라고 말이다."

황우돈의 얼굴이 짓밟은 만두처럼 일그러졌다.

"이런 호로 새끼가……."

황우돈이 급히 진검룡과 민수림을 가리키면서 자신은 뒤쪽으로 물러나며 버럭 외쳤다.

"뭘 하느냐? 두 놈 다 제압해라!"

차차창!

부분타주와 두 명의 조장이 번개같이 어깨의 도를 뽑으며 부챗살처럼 쫙 대형을 펼쳤다.

진검룡은 자신이 십삼 년 동안 땀 흘려서 배운 청풍사선검으로는 이들 중 한 명조차도 이기지 못한다는 사실을 잘 알고 있으므로 다른 것으로 상대할 생각이다.

바로 만천극렬수와 지정극한수의 순정기다. 바로 이 순간을 위해서 민수림에게 몽둥이와 짱돌로 그토록 얻어터지며 지난 보름 동안 연마를 했었다.

그는 부분타주와 두 명의 조장을 향해 두 발을 벌리고 두 팔을 활짝 벌린 채 여유 있게 보이려고 애써 웃었다.

"공격해라."

그는 공격할 줄 모른다. 누군가 그를 공격해야지만 체내의 순정기가 반응을 할 것이다.

그걸 기다리는 것이다. 그러나 만약 누군가 공격하지 않는다면 상대를 죽일 수가 없게 된다. 그러니까 반드시 상대가 먼저 공격을 해야 한다.

그런데 부분타주와 두 명의 조장은 진검룡이 세게 나오니까 긴장을 해서인지 얼른 공격을 하지 않고 서로 눈치를 보면서 머뭇거렸다.

진검룡은 발로 바닥을 세게 구르면서 격앙된 목소리로 다시 쩌렁하게 외쳤다.

"뭘 하느냐? 어서 덤벼라!"

그런데 부분타주와 두 명의 조장은 진검룡이 발을 구르자 움찔 놀라면서 급히 뒤로 물러섰다.

황우돈은 그 광경을 보고 발끈해서 외쳤다.

"이놈들아! 당장 그놈을 공격하지 않으면 내 손에 죽을 줄 알아라!"

진검룡은 그들의 공격을 유도하기 위해서 자신이 먼저 공격하는 것처럼 그들 한가운데로 달려들었다.

휘익!

그러자 세 명이 깜짝 놀라서 반사적으로 진검룡을 향해 맹렬하게 도를 휘두르며 공격을 시작했다.

진검룡은 자신의 작전이 먹히자 어금니를 악물고 우뚝 서서 눈을 부릅떴다.

사실 위급한 상황에 처하면 순정기가 알아서 대처하니까 그가 할 일은 없다.

그러나 그는 공격해 오는 세 명을 되도록 똑똑히 보려고 눈을 한껏 부릅떴다.

쉬이익! 쐐액!

날카로운 파공음이 진검룡의 좌우에서 고막을 찢을 것처럼 울려 퍼졌다.

이들 세 명은 부분타주와 조장이라고는 하지만 그래도 비응보의 하급 간부이므로 무림의 변방에서 이류무사 정도로는 행세하고 다닐 수 있는 실력자들이다.

그렇기에 삼류무사 축에도 끼지 못하는 진검룡 정도는 수십 명이 덤벼도 능히 물리칠 만한 능력이 있다.

진검룡은 눈을 한껏 부릅뜬 채 이리저리 살피고 있지만 세 명이 어느 방향에서 어떻게 공격해 오는지는 제대로 파악하지 못하고 있다.

부분타주와 두 명의 조장은 진검룡이 엄포를 놓으면서 세게 나오던 것과는 달리 정작 공격이 개시되자 제자리에 서서 세 자루 도를 고스란히 얻어맞을 것 같은 자세를 취하고 있자, 한층 기세가 올랐다.

"이 자식아! 어디에서 큰소리냐?"

"뒈져랏!"

세 자루 도는 하나같이 진검룡의 머리와 목, 심장을 노리고 무섭게 짓쳐 들었다.

쉬이익!

쌔액!

진검룡이 세 자루 도에 머리와 상체가 난도질되기 직전의 상황이다.

민수림은 지난 보름 내내 진검룡의 순정기에 대한 훈련을 했었지만 아무래도 조금쯤 불안한 마음을 떨칠 수가 없어서 물끄러미 지켜보았다.

그래도 진검룡은 민수림보다 낫다. 그는 순정기에 대한 강한 믿음이 있다.

비유웃!

그 순간 진검룡의 상체에서 돌연 번쩍! 하고 붉은빛 적광과 백색의 빛 백광이 뿜어졌다.

그것은 정확하게 다섯 줄기인데 그중 세 줄기는 세 자루 도를 정확하게 적중시켰으며 두 줄기는 두 명의 조장 얼굴을 꿰뚫었다.

쩌어엉! 퍼퍽!

"끅!"

"컥!"

공격하던 세 명 중에 두 명의 얼굴에 커다란 구멍이 뚫리면

서 뒤로 벌러덩 퉁겨지고 부분타주는 부러진 도를 쥐고 어리
둥절했다.

"어……."

그는 방금 자신의 눈앞에서 벌어진 상황을 추호도 이해하
지 못했다.

진검룡은 아무것도 하지 않고 가만히 서 있는데 느닷없이
무언가 번쩍하더니 세 자루 도가 부러지면서 두 명의 조장이
날아가 버린 것이다.

그러나 부분타주는 이성을 잃은 듯 앞뒤 가릴 것 없이 부
러진 도를 진검룡에게 맹렬히 그어갔다.

"이놈!"

쐐애액!

진검룡은 순정기가 한 명을 놓친 것이라는 생각에 가슴이
덜컥 내려앉았다.

그래서 지금 공격해 오는 부분타주의 도를 피하거나 반격
하지 않으면 자신이 죽을 것이라고 판단했다.

아니, 판단이 서자마자 그는 부분타주를 향해 무턱대고 주
먹을 힘껏 뻗었다.

맨손 주먹이 석 자 반 길이의 쇠로 만든 도를 이길 수는 없
는 일이다.

팔은 도보다 훨씬 짧을뿐더러 부딪치면 팔이 뎅겅 잘라지
고 말 것이다.

그런데도 진검룡은 뭐라도 하지 않으면 자신이 죽을 것이라는 생각에 주먹을 휘두른 것이다.

바로 그 순간 그의 주먹에서 투명한 백광이 '번쩍!' 하고 뿜어져서 부분타주에게 쏘아갔다.

퍼억! 콰직!

그것은 마치 초극고수가 주먹으로 무학의 최고봉인 권강(拳罡)을 뿜어내는 것 같은 광경이다.

아니, 쏘아갔다고 여긴 순간 백광은 부분타주의 머리통을 박살 내고는 맞은편 벽에 구멍을 뚫고 빠져나갔다.

부분타주는 목 위의 머리를 통째로 잃었는데도 신음조차 지르지 못했다.

그의 몸뚱이는 부러진 도를 쥐고 우두커니 서 있다가 갑자기 그 자리에 무너져 내렸다.

푸스스스……

그러더니 바닥에 얼음 가루가 수북이 쌓였다. 진검룡이 내지른 주먹에서 지정극한수의 순정기가 뿜어져 부분타주의 머리를 박살 내는 과정에 몸이 얼었다가 부서진 것이다.

스스으으……

그러는가 싶더니 방금 전에 죽어 바닥에 쓰러져 있는 두 명의 조장도 스러져서 두 줌의 얼음 더미가 되었다.

그 광경을 똑똑히 목격한 황우돈은 엉거주춤 선 채로 오줌을 싸버렸다.

"흐으으……."

그의 간덩이가 작다고 흉볼 수는 없는 일이다. 어느 누구라도 조금 전의 광경을 본다면 똑같지 않을까.

민수림이 황우돈과 대화를 나누고 있는 동안 진검룡은 잠시 옆방으로 갔다.

실내에 아무도 없는 것을 확인한 그는 숨을 크게 들이마셨다가 천천히 내쉬었다.

"휴우……."

아까 분타주 황우돈의 방에 들어갔을 때부터 조금 전 나올 때까지 온몸이 터질 것처럼 팽팽하게 긴장이 됐던 것을 다소나마 풀려는 것이다.

몇 번이나 길게 심호흡을 하는데도 심장이 계속 벌렁거렸으며 온몸이 부들부들 떨렸다.

오늘은 지난번에 민수림의 도움으로 칠지잔랑의 목을 잘랐을 때하고는 전혀 다른 기분이다.

그때는 저항하지 못하고 누워 있는 칠지잔랑의 목을 베는 어렵지 않은 일이었다.

하지만 조금 전 것은 그것하고는 비교 자체가 되지 않는 명백한 싸움이었다.

적을 죽이지 못한다면 내가 죽어야 하는 그런 피 말리는 생사의 싸움 말이다.

더구나 그건 자신이 오랫동안 연마한 실력을 바탕으로 한 싸움이 아니라 순정기에 대한 막연한 믿음의 싸움이었다.

그래서 그것은 싸움이라기보다는 도박, 혹은 모험에 가까웠다고 할 수 있다.

믿느냐, 못 믿느냐의 싸움. 그래서 간이 떨리고 심장이 벌렁거리는 것이다.

"휴우우……."

진검룡은 마음이 진정될 때까지 몇 번이나 심호흡을 하고서야 방을 나왔다.

척!

그가 복도로 나오는데 마침 용정분타의 무사 한 명이 걸어오다가 그를 발견했다.

진검룡은 조금 전에 부분타주와 두 명의 조장을 무시무시한 능력으로 죽였던 터라서 일개 분타의 무사 따윈 눈에 들어오지도 않았다.

"넌 뭐냐?"

무사가 대뜸 묻자 진검룡은 조금 거만한 자세를 취했다. 그 당시에 그는 몰랐었지만 사실 다리까지 건들거리면서 떨어대고 있었다.

"하하하! 나는 전 청풍원주 장도명의 대제자 진검룡이다."

그는 아까 분타주의 방에서 그들에게 자신을 소개했던 그대로 앵무새처럼 되풀이했다.

아니, 아까는 웃지 않았지만 지금은 명랑하게 웃기까지 했
다.

그러면 더 좋을 것 같아서다.

第十一章

야망과 희망을 싣고서

무사가 어이없다는 표정을 지었다.

"그런데 여긴 왜 온 거냐?"

진검룡은 무사가 가소롭다는 생각이 들었다.

자신이 부분타주와 두 명의 조장을 가공할 수법으로 죽인 사실을 무사가 알면 분타주처럼 오줌을 질질 쌀 거라는 생각까지 들자 무사가 가소롭다 못해서 불쌍해졌다.

"하하! 청풍원을 되찾으려고 왔다."

"뭐어?"

진검룡은 자신이 분타주의 방에서 조금 전에 어떤 행동을 했는지 설명하면 무사가 제 스스로 무릎을 꿇을 것이라고 짐작했다.

"하하하! 사실은 조금 전에……."

"이 새끼 미친 거 아냐?"

차앙!

"……."

안타깝게도 진검룡이 설명을 하기도 전에 무사가 냅다 도를 뽑으면서 그의 목을 베어왔다.

쌔애액!

"야… 야! 내 말 들어봐라, 너……!"

진검룡은 뒤로 다급히 물러나면서 소리쳤다.

무사는 일도가 빗나가자 재차 다가들며 더욱 위맹하게 도를 그어 내렸다.

부웅!

"이 자식아! 하고 싶은 말이 있으면 잠시 후에 염라대왕에게 해라!"

"이런 한심한 놈……."

진검룡은 물러서지 않고 오히려 한 걸음 앞으로 슥 다가들면서 조금 전처럼 오른손 주먹을 무사의 얼굴을 향해 올려치는 자세로 뻗었다.

이렇게 하면 아까처럼 주먹에서 적광이든지 백광이든지 하여튼 아무 광채라도 뿜어져서 무사의 머리통을 박살 낼 것이라고 믿었다.

'뭐… 야, 이거?'

그런데 어이없게도 그의 오른 주먹에서는 아무것도 발출되지 않았다.

순정기는커녕 주먹이 무사의 턱에도 미치지 못하고 허공에서 멈춘 채 까딱거렸다.

그러나 문제는 그게 아니다. 무사가 맘먹고 휘두른 두 번째 도가 오른쪽에서 수평으로 진검룡의 목을 향해 무시무시하게 그어오고 있다는 사실이다.

쉬이이!

"우왓!"

너무 다급한 나머지 진검룡은 네 활개를 치면서 뒤로 벌러덩 누워 버렸다.

쿵!

그가 쓰러지면서 의도치 않게 도를 피했고 등이 바닥에 둔탁하게 닿을 때 무사는 세 번째 칼질을 그의 콧등을 향해 내리긋고 있었다.

쉬이잉!

무사의 얼굴에는 '넌 이제 죽었어, 새끼야.'라는 득의한 미소가 번졌다.

그리고 자신의 얼굴을 향해 곧장 내리그어지는 도를 보고 있는 진검룡은 '그래. 내가 이렇게 죽는구나.'라는 표정을 얼굴 가득 떠올리고 있었다.

퍽!

"끅!"

그때 무사가 갑자기 왼쪽으로 쏜살같이 퉁겨지듯 붕 날아가면서 답답한 신음을 터뜨렸다.

그는 복도의 왼쪽 벽에 머리를 거세게 부딪쳤다가 바닥에 짓이기듯 널브러졌다.

진검룡은 놀란 얼굴로 무사를 쳐다보았다.

무사는 바닥에 뺨을 댄 채 엎어져 있는데 오른쪽 관자놀이에 엄지손톱 크기의 구멍이 뻥 뚫려 있고 거기에서 꾸물꾸물 검붉은 핏물이 흘러나오고 있었다.

진검룡이 반사적으로 오른쪽 벽을 쳐다보자 그곳 키 높이에 구멍이 뻥 뚫려 있었다.

그는 어떻게 된 일인지 즉시 알아차렸다.

실내에 있는 민수림이 지풍을 발출하여 위기에 처한 진검룡의 목숨을 구해준 것이다.

민수림과 황우돈의 대화가 끝났다.

사실 대화라고 할 것까지도 없다.

민수림의 요구를 황우돈이 들어주는 것이니까 말이다.

최악의 궁지에 몰려 있는 황우돈으로서는 민수림의 요구를 거절할 수가 없는 입장이다.

거절하면 즉각 죽음을 당할 것이기 때문이다.

그러니까 그것은 요구라기보다는 목숨을 담보로 한 협박이라고 해야 옳다.

민수림은 무조건 협박만 하지는 않고 채찍과 당근을 적절하게 사용했다.

일이 성공하면 용정분타에서 나오는 총수익의 절반을 그에게 주겠다고 약속했다.

용정분타 후원에는 별채가 있으며 그곳에서 황우돈이 가족과 함께 생활하고 있었다.

민수림이 얘기를 끝내자 진검룡이 기다렸다는 듯이 황우돈 앞에 은자 천 냥이 든 가죽 주머니 하나를 내놓았다.

쿵!

"네 것이다."

황우돈은 가죽 주머니를 풀어보고는 만면에 불신 어린 표정을 가득 떠올렸다.

"설마 날 주는 것이오?"

"그렇다."

세 사람은 탁자에 마주 보고 앉아 있다.

진검룡과 민수림이 나란히 앉고 맞은편에 황우돈 혼자 앉았다.

"은자 천 냥이다."

분타주 한 달 녹봉이 은자 이십 냥이니까 천 냥이면 무려 오십 개월치 녹봉이다.

"왜 이걸……."

황우돈은 어째서 이걸 얘기가 다 끝난 지금에서야 주는 것이냐고 묻고 싶었다.

얘기를 시작하기 전에 이런 거액을 내놓았다면 그가 좀 더 쉽게 승복했을 텐데 말이다.

그러나 황우돈은 담담한 표정을 짓고 있는 민수림과 진검룡의 얼굴을 보고는 이유를 알 수 있을 것 같았다.

두 사람은 돈으로 그를 매수하고 싶지 않았던 것이다.

그러니까 은자 천 냥은 말만 앞세운 요구에 협조해 준 황우돈에 대한 순수한 대가인 것이다.

이런 것을 혹자는 포상금이라고도 부른다.

비웅보 제삼당주가 용정분타주 황우돈을 잠시 보에 들어오라고 호출했다.

비웅보는 항주 북쪽 강변에 위치했다.

수십 채 전각의 지붕을 모두 날아가는 매 즉, 비웅의 형상으로 만들었는데, 사실 그것을 보고 비웅을 닮았다고 생각하는 사람은 아무도 없었다.

"삼당주님, 드릴 말씀이 있습니다."

황우돈을 채근하려고 불러들인 삼당주 균방(均方)은 황우돈이 무슨 말을 하는지 일단 들어보기로 했다.

"말해라."

하지만 목소리가 곱게 나가지는 않았다.

균방이 그러거나 말거나 황우돈은 제 할 말만 했다.

"아까 낮에 연검문 사람이 찾아왔었습니다."

"……."

균방은 흠칫했다.

"방금 연검문이라고 했느냐?"

"그렇습니다."

비웅보에서 연검문 소문주를 납치하여 용정분타에 맡겼고 용정분타는 소문주를 잔지 패거리에게 맡겨서 감금했다가 잔지 패거리가 몰살당하는 일이 벌어졌다.

그런데 연검문 소문주 납치를 주도한 인물이 바로 삼당주 균방이었다.

돌처럼 굳은 균방의 뺨이 씰룩거렸다.

격렬하게 흥분하거나 격동하고 있는 것이다.

황우돈은 균방이 지금처럼 놀라고 격동하는 모습을 처음 보는 터라 적잖이 긴장했다.

"으음……! 연검문에서 누가 왔더냐?"

"쌍비연(雙飛燕)이 왔었습니다."

균방이 움찔했다.

"쌍비연… 정말이냐?"

쌍비연은 연검문에서 서열이 십 위 정도만 실력은 이인자라는 소문이 파다하다.

더구나 쌍비연은 자신의 문파 내에서의 서열과 관계없이 파격적인 행동을 일삼는 것으로도 유명하다.

여하튼 쌍비연은 항주 백 리 이내에서 가장 유명한 열 명 중 한 명으로 꼽힐 정도다.

황우돈은 짐짓 심각한 표정을 지으며 말했다.

"그리고……."

그는 일부러 말끝을 흐렸다.

"뭐냐?"

"십엽루에서도 사람이 찾아왔었습니다."

"무엇이?"

균방은 얼마나 놀랐는지 앉은 자리에서 펄쩍 뛰어올랐다가 그대로 서버렸다.

"십엽루에서는 누가 왔느냐?"

균방의 치밀한 계획하에 연검문 소문주와 십엽루주의 딸을 감쪽같이 납치했었는데 두 군데에서 용정분타로 사람을 보냈다니 거품을 물고 졸도할 일이다.

그러나 실상 지금 황우돈이 말하는 것들은 죄다 진검룡과 민수림이 시킨 것이다.

진검룡과 민수림은 머리를 맞대고 끙끙거리지도 않고 그저 이러면 어떨까, 저러면 괜찮겠네 하면서 말을 주고받더니 지금 황우돈이 말하려고 하는 계책을 만들어냈다.

"삼엽(三葉)이 왔었습니다."

"끙……."

균방은 의자에 털썩 주저앉으면서 이 앓는 소리를 냈다.

기루 이름이 십엽루인 것은 그곳에 열한 명의 일류고수가 포진하고 있기 때문이다.

십엽루를 일개 기루라고만 생각하면 큰 오산이다.

어떤 사람은 서호 변의 십엽루가 항주오대중방파의 하나와 맞먹을 정도의 세력과 실력을 지녔다고 말한다.

하지만 십엽루의 실체를 조금이라도 알고 있는 사람은 십엽루가 항주양대방파와 비교해도 추호도 꿀리지 않을 것이라고 호언장담한다.

어쨌든 십엽루에는 일엽(一葉)부터 십엽, 그리고 화엽(花葉)까지 열한 명의 일류고수가 버티고 있으며 그들만으로 일개 방파를 능가하는 힘을 지니고 있다고 한다.

십엽루에서 삼엽은 서열 사 위다.

그런 대단한 인물이 십엽루주의 딸을 납치하고 감금한 일 때문에 비응보 용정분타에 찾아왔다는 것이다.

그들이 용정분타에 무엇 때문에 찾아왔든지 간에 찾아왔다는 자체가 좋지 않은 일이다.

진검룡이 황우돈에게 말했던 것처럼 그 말을 전해 들은 균방이 끙끙 앓고 있다.

그걸 보고 있는 황우돈은 묘한 쾌감을 느꼈다. 그는 알음알음 진검룡 편이 되어가고 있었다.

황우돈이 조용한 목소리로 말했다.

"그들이 또 오겠다고 했습니다."

"으음……."

그들이 무엇 때문에 왔는지 묻지도 않았는데 그들이 또 오겠다고 했다는 것이다. 황우돈에게 앞뒤 순서를 뒤바꿔서 말하라고 지시한 것은 민수림이었다.

균방은 몇 번 더 끙끙거리더니 바싹 마른 입술을 혀로 축이고 나서 물었다.

"그렇다면 쌍비연과 삼엽이 뭐라고 말했느냐?"

황우돈은 짐짓 고개를 갸웃거렸다.

"그런데 그들이 똑같은 말을 했습니다."

"뭐라고 했느냐?"

황우돈은 고개를 한 번 더 갸우뚱했다.

"지켜보겠다고 했습니다."

"으으음……."

균방의 신음 소리가 무겁고 길어졌다.

이 대목에서 황우돈은 진검룡이 시킨 대로 최대한 천진난만한 표정을 지으며 물었다.

"삼당주님, 지켜보겠다는 것이 무슨 뜻일까요?"

순간 균방의 입에서 화염이 뿜어졌다.

"입 닥치고 당장 돌아가라!"

"네?"

균방은 벌떡 일어나 문을 가리키면서 목에 핏대를 세우며 버럭버럭 악을 썼다.

"이놈아! 그들이 용정분타를 지켜보겠다고 말했다는데 네놈이 버젓이 여길 찾아오면 어떻게 하느냐는 말이다! 당장 돌아가라! 어서!"

"아… 네……."

황우돈이 문으로 걸어가는 것을 보고 균방이 고래고래 소리를 질렀다.

"네놈은 물론이고 용정분타 수하들은 앞으로 절대 본 보에 얼씬도 하지 마라!"

황우돈은 문을 등지고 서서 어눌하게 말했다.

"하오면 잔지 패거리를 몰살시킨 자에 대해서 알아내라고 명령하신 것은……."

"알아낼 필요 없다! 너와 네놈 수하들은 그냥 용정분타에 쥐 죽은 듯이 조용히 처박혀 있어라!"

황우돈은 공손히 허리를 굽혔다.

"잘 알겠습니다."

그는 나가려다가 다시 돌아섰다.

"그런데 드릴 말씀이 하나 더 있습니다."

"허엇?"

균방은 가슴이 철렁했다.

아까 황우돈이 할 말이 있다고 하더니 청천벽력 같은 소식을 전해주었기 때문에 이번에도 불길한 예감을 느낀 것이다.

"뭐냐?"

균방은 이때 자신의 표정이 조마조마했다는 것을 죽어서도 모를 터이다.

"용정분타의 부분타주와 조장 두 명이 쌍비연과 삼엽에게 덤벼들다가 죽었습니다."

"뭐어?"

균방이 놀란 것은 부분타주와 조장 두 명이 죽었다는 사실 때문이 아니다.

"서… 설마 쌍비연과 삼엽이 동시에 용정분타에 찾아왔었다는 말이냐?"

"제가 말씀드리지 않았습니까?"

"끄으응……!"

균방의 얼굴이 처참하게 일그러졌다.

쌍비연과 삼엽이 같이 찾아왔다는 것은 연검문과 십엽루가 이 사건을 공조하고 있다는 뜻이다.

균방은 버럭버럭 소리를 질렀다.

"당장 꺼지지 못하겠느냐? 지금 이 순간부터 너는 더 이상 비응보 수하가 아니니까 영원히 본 보에 발을 들여놓을 생각일랑 하지 마라! 알았느냐?"

황우돈은 아까보다 더 깊이 공손히 허리를 굽혔다.

"말씀 잘 알겠습니다."

*　　　　*　　　　*

진검룡과 민수림은 용정분타 맞은편의 주루에서 황우돈이
돌아오기를 기다리고 있었다.

서호 변의 집에서 아침 일찍 나왔는데 어느덧 해가 뉘엿뉘
엿 지고 있다.

황우돈이 비응보 제삼당주에게 보고를 하러 간 지 한 시진
이 지나가고 있다.

이곳에서 비응보까지는 걸어서 일각이므로 한 시진이면 충
분히 볼일을 마치고 돌아올 시각이다.

그사이에 진검룡과 민수림은 술을 세 병 마셨다. 두 사람은
황우돈이 일을 잘 처리할 것인지에 대해서는 조금도 걱정을
하지 않고 술만 마셨다.

민수림이 백로주가 아닌 다른 술을 맛보고 싶다고 해서 이
번에는 백로주보다 조금 싸지만 훨씬 더 독한 황녹주(凰綠酒)를
마셨다.

이번에는 진검룡이 한 병 민수림이 두 병을 마셨다.

오전에 그녀가 백로주 다섯 병을 혼자서 거의 다 마셨으므
로 총 일곱 병을 마신 셈이다.

오늘 처음 술을 배웠는데도 굉장한 주량이다.

더 놀라운 것은 그렇게 마시고서도 끄떡없다는 사실이다.

황녹주 한 병을 마신 진검룡은 상체가 흔들거리고 있는데 그녀는 자꾸만 주방 쪽을 쳐다보는 모습이 아무래도 한 병 더 마시고 싶은 모양이다.

기억을 잃었다고는 하지만 술 마시는 본새가 어지간한 주당은 그녀에게 명패도 내밀지 못할 듯했다.

아무래도 그녀는 예전에 술고래였던 것 같다.

민수림이 막 점소이를 부르려고 할 때 창 아래로 황우돈의 모습이 보였다.

"왔습니다."

민수림은 황우돈이 용정분타 전문 안으로 들어가는 것을 보면서 일어섰다.

그런데 따라 일어서려던 진검룡이 취기 때문에 약간 비틀거려서 민수림이 잡아주려고 손을 뻗었다.

"아⋯⋯."

민수림은 독한 술을 일곱 병이나 마시고도 끄떡없는데 진검룡은 사내대장부가 황녹주 한 병에 비틀거리는 꼴을 보이다니 얼굴이 서지 않았다.

"이제 괜찮습니다."

민수림이 손을 놓으니까 정말 거짓말처럼 말짱해졌다.

방금 전까지 머리가 무겁고 속이 조금 답답했는데 술을 마시기 전처럼 상쾌했다.

계단으로 걸어가다가 진검룡은 뭔가 깨달은 것이 있어서 민수림에게 물었다.

"수림이 한 겁니까?"

질문이 좀 이상하지만 진검룡이 취한 것을 민수림이 손을 써서 말짱하게 해주었느냐고 묻는 것이다.

그때 앞에서 점소이가 뜨거운 탕을 갖고 오는 걸 보고 민수림이 진검룡의 팔을 잡고 옆으로 당겼다.

"조심해요."

점소이가 지나가는데 진검룡은 갑자기 열이 확 오르고 머리가 멍해졌다.

조금 전처럼 술이 취한 것 같은 기분이다.

'왜 이러지?'

점소이가 들고 가는 탕 냄새가 매우 역해서 울컥 토할 것 같은 느낌이 들었다.

"……!"

순간 진검룡은 뭔가 감을 잡고 민수림을 쳐다보았다.

"수림……."

민수림이 살포시 미소 지으면서 잡고 있던 그의 팔을 놓아주고 계단으로 향했다.

"가요."

진검룡은 민수림의 뒷모습을 보다가 또다시 심신이 맑아진 것을 느꼈다.

그는 민수림이 자신을 잠시 갖고 놀았다는 사실을 확신하게 되었다.

그녀는 자리에서 일어서는 진검룡의 팔을 살짝 잡으면서 그의 체내에서 취기를 몽땅 빨아냈었다.

그가 그 사실을 느끼고 수림이 한 거냐고 물으니까 그녀는 대답하는 대신 그의 체내에 취기를 넣었다가 다시 빨아내 주었다.

그것보다 분명한 대답은 없을 것이다.

계단을 내려가면서 진검룡이 신기하다는 표정으로 물었다.

"제게서 빨아낸 취기 어디에 있습니까?"

민수림이 말없이 자신의 오른손 검지를 세워 보였다.

거기에 모아놨다는 뜻이다.

희고 가늘며 긴 검지를 보면서 진검룡은 그녀에게서 아름답지 않은 것을 찾아내는 일은 불가능할 것이라는 생각이 들었다.

"그걸 다른 사람에게 주입할 수도 있습니까?"

민수림이 우아하게 고개를 끄떡이는 것을 보고 진검룡은 마침 주루 입구로 들어오고 있는 한 쌍의 남녀를 턱으로 가리켰다.

"저 남자 가능합니까?"

매혹적인 여자를 앞세우고 들어오는 고급스러운 비단옷의

청년은 한눈에도 몹시 거들먹거리고 있었다.

민수림이 슬쩍 손을 들어 올려서 쓰고 있는 모자를 매만지는 시늉을 했다.

그걸 보고 진검룡은 자신에게서 빼낸 취기가 이미 비단옷 청년에게 주입됐을 것이라고 짐작했다. 그러더니 갑자기 비단옷 청년이 움찔 몸을 떨고는 크게 휘청거리면서 앞으로 쓰러지려다가 갑자기 앞선 여자를 뒤에서 와락 껴안았다.

"꺄악!"

여자의 찢어지는 비명이 주루 안을 울렸다.

진검룡과 민수림이 유유히 주루를 나설 때 여자가 청년의 뺨을 매섭게 때렸다.

"파렴치한!"

찰싹!

"억!"

황우돈은 흥분을 가라앉히지 못하고 있었다.

"굉장합니다……! 어떻게 그 모든 것들을 예상했습니까?"

그는 지나치게 감탄하고 흥분한 나머지 진검룡과 민수림이 몇 시진 전까지만 해도 적이었다는 사실을 까맣게 망각한 모양이다.

또한 그는 진검룡과 민수림에게 아까하고는 달리 매우 공손한 태도를 보였다.

진검룡은 엷은 미소를 지었다.

"예상한 것이 아니라 비웅보 삼당주를 말로써 함정에 몰아넣은 것이오."

이 계획은 진검룡과 민수림이 같이 짰다.

진검룡이 이 할 민수림이 팔 할이었다.

진검룡의 이 할은 방파나 문파, 사람 이름, 지명 같은 것들을 대는 것이고, 민수림의 팔 할이 진짜 계획이다.

그렇지만 민수림은 진검룡이 계획을 다 짠 것처럼 착각하게 해주었다.

진검룡은 황우돈이 거의 다 우리 편이 됐다는 생각에 어느 정도 예우를 해주었다.

"삼당주가 뭐라고 합디까?"

진검룡의 물음에 황우돈은 손짓 발짓 섞어가면서 삼당주 균방과 있었던 일을 장황하게 설명했다.

독보가 새로 산 배를 몰고 항주 성내까지 데리러 와서 진검룡과 민수림은 배를 타고 집으로 돌아가는 길이다.

새 배가 예전 배보다 두 배 이상 큰데도 독보는 매우 능숙하게 몰았다.

"사모님과 지아는 저녁 식사 준비를 하고 있어요."

독보가 노를 저으면서 하는 말을 진검룡과 민수림은 이 층 선실 앞에서 듣고 있다. 두 사람은 전방을 향해 놓인 긴 나무

의자에 나란히 앉아서 어두워지는 수로 양쪽의 전경을 바라
보았다. 항주의 야경은 아름답기 짝이 없다.

편안한 마음의 두 사람 눈에 아름다운 야경이 여과 없이
들어왔다.

"속이 아주 후련합니다."

진검룡은 오늘 있었던 비응보 용정분타 일을 얘기하면서
벌써 여러 번 그 말을 하고 있다.

그러면서 세상을 다 가진 것 같은 표정을 지었다.

오늘 그는 정말로 세상을 다 가진 것 같았다.

그의 그런 모습이 보기 좋은지 민수림이 엷은 미소를 지으
면서 말했다.

"아직 끝난 게 아니에요."

진검룡은 고개를 끄떡였다.

"그렇죠."

민수림은 진검룡의 해이해지려는 마음을 다잡았다.

"이제 첫걸음을 떼었을 뿐이에요."

아무것도 모르는 진검룡이 토를 달았다.

"복수의 삼분지 일은 한 것 아닙니까?"

"십분지 일도 못 했어요."

진검룡은 떨떠름한 표정을 지었다.

"그런가요?"

그는 붉은 노을빛을 받아서 피처럼 붉어진, 그래서 또 다른

절세의 아름다움을 미친 듯이 뿜어내고 있는 민수림의 옆얼굴을 그윽하게 바라보았다.

"어째서 그렇죠?"

"검룡은 뱀 꼬리 자르는 것으로 만족할 건가요?"

뱀의 꼬리를 자르면 다시 생기고 뱀은 죽지 않는다.

뱀을 죽이려면, 특히 그 뱀이 독사라면 반드시 목을 자르거나 머리를 짓이겨야 하는 것은 만고의 진리다.

"목을 잘라야죠."

"뱀 대가리가 오룡방이에요."

"설마……."

민수림이 진검룡을 바라보았다. 석양빛에 물든 그녀의 얼굴 때문인지 한순간 그녀의 두 눈에서 핏빛 안광이 뿜어지는 듯한 착각이 느껴졌다.

"비응보 위에 오룡방이 버티고 있다는 사실을 알아 온 사람은 검룡이에요."

"그건……."

그건 민수림 말이 맞다. 그것도 민수림이 알아 오라고 해서 이리저리 뛰어다녀 어렵게 알아낸 소문이다.

"복수를 그만하고 싶으면 이쯤에서 멈춰도 돼요."

그녀의 말에 대해서 아직 진지하게 생각해 보지 않았는데도 그 말을 듣는 순간 진검룡은 심장이 덜컥 내려앉았다.

그래서 진검룡은 그 말에 대해서는 길게 생각해 보지 않기로 했다.

심장이 덜컥 내려앉았다는 것은 그의 본능이 이쯤에서 그만두면 안 된다고 알려주는 신호이기 때문이다.

때로는 몸이나 본능이 보내는 신호를 존중해야만 한다. 그의 생전에 이런 경우는 처음이다.

진검룡은 자신을 응시하고 있는 민수림을 보며 싱긋 건강한 미소를 지었다.

"가는 데까지 갑시다."

그는 민수림이 보일 듯 말 듯 미소를 짓는 것을 보고 그녀가 무엇을 좋아하고 무엇을 싫어하는지 아주 조금쯤은 알 것 같은 기분이 들었다.

"거기에 하나 더 보태도 되겠습니까?"

"뭐죠?"

진검룡은 조금 머쓱한 미소를 지었다.

"제 야망입니다."

그 말을 듣는 민수림의 보일 듯 말 듯 한 미소가 조금 더 짙어졌다.

"그럼 거기에 내 희망도 조금 보탤게요."

"돈 안 받겠습니다."

"고마워요."

정말이지 민수림의 미소를 쳐다보고 있으면 숨이 막혀서 죽을 것만 같다.

배가 서호로 가는 수로의 끄트머리쯤에 이르렀을 때 주위는 이미 캄캄해졌다. 진검룡과 민수림은 앞으로 어떻게 할 것인지에 대해서 줄곧 진지한 상의를 하고 있는 중이다.

대화를 하면서도 진검룡은 자신이 기특하고 신기해서 죽을 지경이다. 그는 기억력이 허락하는 한 자신의 전 생애를 통틀어서 지금처럼 진지하게 무엇인가를 생각하고 또 누군가와 상의한 적이 한 번도 없었다.

탁!

그때 배 아래쪽에서 가벼운 소리가 나더니 배가 한쪽으로 약간 살짝 기우는 느낌이 들었다.

"앗! 뭐 하는 겁니까? 어서 내려요!"

뒤이어서 노를 젓고 있는 독보의 뾰족한 외침이 터졌다.

그때 민수림은 벗어두었던 모자를 쓰고 옷깃을 세워 자신의 얼굴을 거의 감추고 가만히 앉아 있었다. 무언가를 기다리는 모습이다. 그녀가 앉아 있으니까 진검룡도 가만히 앉아 있었다.

언제부턴가 그는 민수림을 많이 따라서 하고 있다. 그녀에게 배울 것이 많기 때문인 듯하다.

퉁!

누군가 배의 아래쪽 바닥을 박차는 듯한 소리에 이어 앉아 있는 진검룡 옆으로 한 사람이 불쑥 솟구쳐 올랐다.

진검룡이 눈으로 그자를 좇으니 한 명의 거지다.

거지는 진검룡 머리 위 석 자까지 솟구쳤다가 이 층 선실 앞쪽 갑판에 내려섰다.

쿵!

그는 바닥에 둔탁하게 내려서고는 조금 비틀거렸다.

그걸 보면 경공이 뛰어나지 않은 것 같다.

말하자면 고수는 아니라는 얘기다.

하긴 얼굴을 보니까 이해가 된다.

이십 대 초반의 거지인데 거지가 이 정도 하는 것도 대단하지 않겠는가.

청년 거지는 박박 깎은 머리에 감자처럼 동그란 얼굴과 마늘처럼 갈라진 눈을 지녔다.

진검룡은 이 청년 거지가 무엇 때문에 자신들 앞에 나타났는지 영문을 몰랐다.

그런데 청년 거지가 양 허리에 두 손을 얹고는 자못 위압적으로 입을 열었다.

"이봐, 너희들 오늘 비응보 용정분타에 들어가서 무슨 짓을 한 거지?"

진검룡은 움찔했다.

청년 거지가 그걸 어떻게 알고 있는지 어리둥절했다.

그때 민수림이 조용히 말했다.

"너는 개방 제자냐?"

"어……."

청년 거지는 민수림이 모자를 깊이 눌러쓰고 옷깃을 한껏 세워서 그가 여자인 줄 몰랐던 모양인지 적잖이 놀라는 표정을 지었다. 더구나 민수림의 목소리가 그윽하면서도 우아하니까 더 놀랄 수밖에 없다.

청년 거지가 얼떨떨한 얼굴로 민수림에게 물었다.

"너는 누구냐?"

"개방 제자냐고 물었다."

민수림의 조용하고 우아한 목소리가 밤공기를 흔들었다.

청년 거지는 민수림의 목소리에 기가 꺾였다.

거지, 아니, 개방 제자 생활 올해로 십이 년째인 그는 이제 사람 목소리만 들어도 상대가 어떤 종류의 사람인지 어렴풋이나마 짐작할 수 있다.

그는 민수림의 얼굴을 정확하게 볼 수는 없지만 그녀의 목소리만 듣고도 자신과는 비교도 할 수 없는 신분과 능력의 소유자임을 깨달았다.

청년 거지는 옷깃을 여미고 자세를 바로 하고는 민수림에게 공손히 고개를 숙였다.

"그렇습니다."

그의 이런 능수능란한 임기응변은 개방 제자 생활을 오래한 덕분에 터득한 것이다.

민수림은 자신에 대한 것은 기억하지 못하지만 무림에 대한 기본적인 것들은 잊지 않은 듯하다.

그것은 그녀가 무공 같은 것을 자연스럽게 전개하는 것과 비슷한 경우인 것 같다.

청년 거지는 조심스럽게 민수림을 바라보았다.

'헉!'

그러다가 그는 그녀의 크고 서글서글하며 아름다운 두 눈과 뾰족한 콧날을 발견하고는 하마터면 입 밖으로 탄성을 터뜨릴 뻔했다.

그녀의 눈과 코만 본 것이지만 청년 거지는 이날까지 이토록 아름다운 여자를 한 번도 본 적이 없다고 목숨을 걸고 말할 수 있을 것 같았다.

그리고 또 한 가지, 그녀는 비단 아름다울 뿐만 아니라 청년 거지로서는 한 번도 대한 적이 없는 높은 차원의 고귀한 품격마저 지니고 있어서 보는 순간 번갯불에 맞은 것처럼 심신을 움츠러들게 만들었다.

그래서 그는 그녀가 누구냐고 물으려 했던 것을 까맣게 망각하고 말았다.

민수림이 조용한 목소리로 물었다.

"비응보 용정분타를 감시하고 있었느냐?"

"그게 아니라……."

청년 거지는 일단 부인했다.

민수림은 캐묻지 않고 잠자코 있었다.

때로는 날카롭게 캐묻는 것보다 잠자코 기다리는 것이 상대를 더욱 옥죈다는 사실을 그녀는 알고 있는 듯했다.

더구나 매우 높은 신분의 사람들은 원래 촐싹거리는 행동을 잘 못한다.

청년 거지는 민수림이 가만히 있는 것에 수십 가닥 밧줄로 온몸을 칭칭 동여매는 듯한 압박감을 느꼈다.

"음… 개방 제자가 비응보 용정분타를 감시하고 있었는데 오늘 오전에 귀하들이 그곳에 들어가는 것을 목격했소."

청년 거지는 자신이 생전 처음 보는 사람에게 지나치게 주눅이 들었다는 사실을 깨달았는지 조금 퉁명스럽게 말했다.

민수림은 개방 제자가 무엇 때문에 용정분타를 감시하고 있었는지 짐작했다.

연검문 소문주와 십엽루주의 딸이 실종된 사건을 개방이 조사하고 있었을 것이다.

연검문과 십엽루가 개방에게 부탁했을 수도 있지만 개방이 워낙 협의지문이라서 제 스스로 그 사건을 조사하고 있었는지도 모른다.

청년 거지는 잠시 말을 멈추고는 잠자코 진검룡과 민수림의 반응을 살폈다.

그가 보기에 진검룡은 그저 그런 젊은이라서 만만한 것 같은데 민수림에게는 함부로 할 수 없을 것 같았다.

그때 민수림이 진검룡에게 전음을 보냈다.

[기회를 봐서 우리가 도현과 효령을 구출했다는 사실을 거지에게 말해주세요.]

그녀는 연검문 소문주 태도현과 십엽루주 딸 소효령을 도현과 효령이라고 친근하게 이름을 불렀다.

아마 그들이 진검룡을 형님과 오빠라고 불렀기 때문일 것이다. 개방은 원래 좋은 일을 하는 방파인데 청년 거지를 괜히 힘 빼게 할 것 없다는 뜻이다.

청년 거지는 한동안 기다려도 진검룡과 민수림이 아무런 말이 없자 속이 타기 시작했다.

옛말에 내자불선선자불래(來者不善善者不來) 온 자는 선하지 않고 선한 자는 오지 않는다고 했다.

그런고로 청년 거지는 필시 어떤 독한 각오를 품고 이곳에 모습을 드러냈을 텐데 쉽게 물러가지는 않을 것이다.

"귀하들이 용정분타에 들어가고 나서 오래지 않아 용정분타주 황우돈이 급히 비응보에 갔소."

"흠."

진검룡은 팔짱을 끼고 나직이 콧소리를 냈다. 어디 더 해보라는 뜻인데, 그는 자신의 콧소리에 깜짝 놀랐다.

그가 민수림을 보니까 그녀는 팔짱을 낀 채 상체를 꼿꼿하게 세우고 아무런 동작이나 반응도 보이지 않았다.

거기에 비하면 진검룡은 가랑잎처럼 살랑거리는 편이라서 자신이 반응을 보인 것을 금세 후회했다.

청년 거지는 점점 더 본연의 기세를 되찾아갔다. 그는 자신이 어째서 낯선 여자를 한 번 보고는 기가 팍 죽은 것인지 스스로 부끄러워졌다.

"홍! 그뿐 아니라 귀하들이 용정분타에 들어가고 난 이후부터 용정분타 부분타주와 두 명의 조장 모습이 일절 보이지 않았소. 그래서 우린 귀하들이 그들을 죽였을 것이라고 짐작하는데 내 말이 틀렸소?"

진검룡은 가볍게 고개를 까딱거렸다.

"네 말이 맞다. 우리가, 아니, 내가 그들 셋을 죽였지."

"어……."

청년 거지는 세 가지 때문에 놀랐다. 진검룡이 너무 쉽게 시인을 했다는 것과 그가 첫마디에 반말을 한 것, 그리고 그의 목소리에서도 조금쯤 범접하기 어려운 기도 같은 것이 배어 있었기 때문이다.

진검룡이 무엇을 어떻게 표출하든지 그것들은 죄다 민수림에게 보고 배운 것들이다.

청년 거지는 진검룡을 조금 하찮게 봤는데 그게 아닌 것 같아서 머릿속에 혼선이 왔다.

진검룡은 이런 기회를 놓치지 않았다. 그는 턱을 약간 치켜들어 오만한 자세를 취했다.

"그리고 우리가 잔지 패거리를 몰살시키는 과정에 연검문 소문주와 십엽루주의 딸을 구해서 그 아이들의 집 앞까지 데려다주었다."

"……"

청년 거지는 쇠망치로 뒤통수를 호되게 얻어맞은 충격을 받은 모습으로 가볍게 휘청거리기까지 했다.

그는 손으로 난간을 잡고 몸을 지탱하더니 눈을 끔뻑거리면서 진검룡을 쳐다보았다.

"그… 그게 정말이오?"

"도현이하고 효령이에게 물어보면 알겠지."

"……"

청년 거지는 또 할 말을 잃었다.

연검문 소문주와 십엽루주의 딸 이름을 거침없이 부른다는 것은 진검룡이 그들과 친밀하다는 뜻이다.

어쨌거나 그는 이곳에 온 목적을 기대했던 것 이상으로 얻게 되었다.

그는 갑자기 정중하게 고개를 숙였다.

"부탁이 있소."

진검룡은 아무 말도 하지 않았다.

'뭐냐?'라고 말하려다가 조금 전에 민수림이 침묵을 지켜서 좋은 효과를 봤던 것을 기억하고 있기 때문이다.

청년 거지는 두 사람의 눈치를 살피다가 조심스럽게 말했다.

"개방 항주분타는 연검문과 십엽루로부터 소문주와 소루주를 찾아달라는 부탁을 받았었소."

진검룡과 민수림이 가타부타 대꾸도 하지 않고 침묵을 지키고 있자 청년 거지는 조금씩 불안해지면서 불안해지는 만큼 공손해져 갔다.

이것이 바로 침묵의 힘이다.

청년 거지의 두 손이 공손하게 앞으로 모아졌다.

"그런데 소문주와 소루주가 무사히 돌아온 후에는 연검문과 십엽루가 그들을 누가 구해주었는지 알아봐 달라고 본 방에 부탁했습니다."

그의 언행이 불손했다가 공손해졌다가 널뛰기를 했다.

"소문주와 소루주가 자신들을 구한 사람에 대해서 얼마나 입을 꼭 다물고 있는지……."

그의 말에 진검룡과 민수림은 동시에 입가에 빙그레 엷은 미소가 피어났다.

태도현과 소효령이 자기들 딴에는 진검룡과 민수림을 보호한답시고 입을 꼭 다물고 있는 것 같아서 기특하다는 생각이 들었다. 청년 거지는 다시 한번 고개를 숙였다.

"부디 나와 함께 그분들에게 가주시지 않겠습니까?"

부탁을 하는 것이라서 청년 거지의 언행이 정중함의 극치를 보여주고 있다.

진검룡은 민수림이 가부간의 결정을 전음으로 알려줄 것이라고 생각했는데 잠시 기다려도 그녀는 아무런 전음을 보내지 않았다. 그래서 그는 그녀를 쳐다보는 대신에 이것은 자신더러 결정을 하라는 그녀의 배려라고 생각했다.

그래서 진검룡은 잠시 생각을 하면서 갈등했는데 그 모습이 청년 거지에게는 자신의 부탁이 씨도 먹히지 않는 것으로 비쳐서 애가 탔다.

"제발 부탁합니다."

그는 연신 굽실거렸다.

진검룡을 호리라고 부르게 한 영리함, 혹은 잔머리가 이 순간 빠르게 굴러갔다.

그는 운송업을 하면서 귀동냥으로 개방에 대해서 주워 들은 몇 가지 소문이 있었다.

일단 개방은 협의지문 즉, 좋은 방파라는 사실이다.

그리고 개방은 천하무림을 좌지우지할 만큼 대방파라고 알고 있다.

무림에는 구파일방(九派一幇)이 있는데 소림사, 무당파, 화산파, 아미파 같은 대문파가 구파이고 개방이 일방(一幇)이라는 것이다.

진검룡은 비록 무림인이 아니지만 귀가 뚫려 있으므로 소림사나 무당파, 화산파, 아미파가 얼마나 굉장한 대문파인지 잘 알고 있다. 사람들은 구파일방이 항주의 양대방파나 오대중방파하고는 비교 자체가 되지 않는다고 말한다.

구파일방 각 문파를 한 채의 집이라고 하면 양대방파나 오대중방파는 측간에 불과하다는 것이다. 그런 구파일방의 하나인 개방의 분타가 항주에 있는데 오룡방이든 어느 방파나 문파라도 개방 항주분타를 함부로 대하지 못한다고도 말했다.

개방 항주분타에는 개방 제자가 불과 이십여 명밖에 없는데도 말이다.

진검룡이 가라앉은 목소리로 조용히 말했다.

"조건이 있다."

그의 목소리도 민수림만큼이나 묵직하고 청아하며 매력적이다. 다만 민수림 같은 기도가 실려 있지 않을 뿐이다.

"뭡니까?"

가능성이 보이자 청년 거지는 반색하며 상체를 앞으로 내밀며 급히 물었다.

"너 내 부하가 돼라."

"어……."

청년 거지는 너무 놀랐는지 턱이 빠진 것처럼 입을 크게 벌리고 진검룡을 바라보았다. 사실 청년 거지는 개방 항주분타 내에서 분타주조차도 어쩌지 못하는 사고뭉치로 통하고 있다. 원래 개방 항주분타주의 여러 제자들 중 한 명인데 얼마 전에 큰 사고를 치는 바람에 현재 근신하고 있는 중이다.

그는 여태껏 꾹꾹 잘 참고 있었으나 진검룡이 '부하 해라'라고 하는 말에 진심으로 꼭지가 돌아버렸다.

"이런 죽일 놈!"

패애액!

진검룡 앞 불과 반 장 거리에 서 있던 청년 거지가 돌연 그를 향해 두 손을 떨치자 소매 속에서 네 자루의 비수(匕首)가 빛처럼 뿜어 나왔다.

비록 급습이지만 깔끔한 솜씨다.

그런데 청년 거지와 진검룡의 거리가 너무 가까워서 민수림은 움찔 놀랐다.

하지만 그녀의 실력으로는 충분히 진검룡을 보호할 수 있다. 그녀 자신이 그 사실을 모르고 있을 뿐이지만.

네 자루 비수가 진검룡의 상체 급소 네 곳을 향해 쏘아오고, 민수림이 빛처럼 빠르게 펄럭! 소매를 떨쳤으며, 진검룡 이마에서 번쩍! 하고 순정기가 한 줄기 빛으로 뿜어지는 광경이 한꺼번에 펼쳐졌다. 청년 거지는 자신의 눈앞에서 벌어진 엄청난 광경을 눈도 깜빡이지 않고 목격했다.

쩌쩌쩡!

제일 먼저 진검룡의 이마에서 뿜어진 광채가 네 자루 비수를 맞혀서 날려 버렸다. 사실은 광채가 아니라 한 줄기 빛살이 다섯 줄기 빛살로 갈라져서 그중 네 개 빛살이 네 자루 비수를 맞혀 날려 버리고 한 줄기가 청년 거지의 미간을 향해 뿜어지고 있는 광경인데, 그의 눈에는 그렇게 보인 것이다.

청년 거지가 마지막 한 줄기 빛살이 자신의 미간을 향해 일직선으로 쏘아오는 것을 보고 있는데 갑자기 몸이 난간 밖 허공으로 휙! 하고 날려가는 바람에 미간으로 쏘아오던 한 줄기 빛살이 빗나갔다.

비유우—

그것은 민수림이 발출한 잠력에 의한 것인데 그녀는 네 자루 비수와 청년 거지를 한꺼번에 날려 버리려고 했다.

그런데 진검룡이 먼저 네 자루 비수를 날려 버렸기에 그녀는 청년 거지만 날려 버린 것이다.

만약 그 순간 민수림이 청년 거지를 날려 버리지 않았다면 그는 한 줄기 빛에 적중되어 미간에 구멍이 뚫렸을 것이다.

"⋯⋯!"

청년 거지는 자신이 배로부터 빠르게 멀어지고 있는 것을 보면서도 너무 혼비백산하여 정신을 차리지 못했다.

그러나 한 가지 분명한 사실이 있으니 자신이 죽으려고 환장을 했다는 사실이다.

진검룡은 절정고수가 분명한데 그를 죽이려고 급습을 가했으니 그로서는 죽어도 할 말이 없다.

『붕정대연가(鵬程大戀歌)』 2권에 계속…